自由式（字遊式）
給初學者的編劇遊戲

張英珉　呂登貴　著

五南圖書出版公司 印行

　　首先，因應著本書之於「劇本初學者」、「無經驗者」學習的需要，本書不會是一本太厚重、太複雜的書。複雜原理或深奧理論，是屬於下一階段的進階目標，因此，本書儘量以簡單、有趣的方法，帶領初學者來接觸「劇本」這件事。

　　說起本書，故事的源頭回到2014年末，臺灣「臺客武俠小說」開闢者施百俊教授，替五南圖書出版公司詢問，希望由線上編劇來進行，且內容不能過於艱深，需適合初學者閱讀。事實上，大部分的線上編劇都十分忙碌，不一定有這麼長的時間來寫書。

　　因為時間有限，我也思考了是否該由我書寫此書。回想自2008年《海角七號》的成功，讓國片景氣復甦之後，國人對於影片拍攝的興趣開始增加，加上這十多年來，科技的快速進步，YouTube上微電影盛行，讓素人的放映平臺門檻不再存在。接著，攝影器材的尋常化、低價化，以及拍片的攝影技術知識門檻網路化，都讓「拍片」成為極度吸引人的一件事情。回想自己學習寫作的過程中曾遇過的大小困難、問題，如果有一本書能夠以容易得到的資料去舉例，那就太好了。

　　因此，我答應了本書的書寫。同時間，我詢問了正在大學進行劇本教學的編劇呂登貴老師協同完成此書，試圖以實務與教學互相搭配的方法，來結合完成一本「給初學者的入門編劇書」。

　　其實市面上已經有許多劇本書刊了，但綜觀之，大部分的劇本書都在討論較進階：「我已經寫了一個故事」，或是「我已經有經驗，如何精進自己的劇本。」本書因為針對初學者閱讀，會強調在創作劇本前後的過程。第一，是藉由許多練習，讓初學者練習「如何想出一個好像有點有趣」的故事；第二，是如何修正初學者常見之「初寫劇本的錯誤」。

　　對我個人的學習歷程來說，相信讀者若能親自去上劇本班的課程，或是去大學旁聽劇本實作的課程（當然這要經過授課老師同意！），或是

在有經驗的人帶領下進行實務上的劇本創作、劇本修改、團體腦力激盪等等，會是最好的方法。畢竟有些創作心得難以用閱讀的方式得到，只有務實才是最實際的一條捷徑。但如果你沒有這個機會參與團體創作或上課，只是想自己先試著學習寫劇本，便可試著閱讀本書，並按照一些方法，拿出紙筆來試著練習，就能有著基本的創作概念了。到此，再來進行更深的理論研讀、更困難的工作人員與劇本的意見整合，如此循序漸進，相信對於沒有經驗的你來說，是較為容易持續下去的路徑。

當然，你必須想到一件重要的事，若說要教別人「創作」，這件事情就有邏輯矛盾，因為既然要「創」，就不可能像灌模成形得到成品，從一個軌道中複製而出，這就不是「創」，只是copy而已。

因為創作難以真的「教」，只能逐步「引導」出自己的模樣，所以，本書試圖以導遊觀點、遊戲觀點，大量介紹與說明。或許，你可以將這本書稱為「劇本創作的入門導遊書」會更適切——導遊帶你去風景前方，看看那些美麗的小徑、古老的建築，但風景能不能記在心底，成為回憶，畢竟還是要經過旅客自己的眼睛。

因此，請盡可能將劇本寫作在初學階段當成是一項遊戲，遊戲本身將帶來樂趣與學習。就像對電腦陌生的人，最初學習電腦最好的方法，就是先用電玩的形式來讓你熟悉器具，如當年的「踩地雷」、「新接龍」的出現，都是使用遊戲，讓使用者在習慣操作器材之後，才能應用產生創造性。閱讀這本書的內容時，除了常見的劇本格式等一些幾乎不變的常識之外，其餘創意教學、劇本校正等等部分，請你努力地閱讀、思索，並且思考其中的許多提問，或甚至認為那是不正確的，甚至覺得本書內容都是作者在唬爛、騙人，你可以想到更好的一套方法，這樣，才能進入創作的第二階段——「屬於自己的方法與觀點」，才能真正呈現一個作者的「內在世界」。

簡而言之，如何練習發想、如何開始、如何做完、如何校正、發表、投比賽、校正細節，這些是在創作概念之後非常現實的問題。本書的目標是「面對真實問題」，逐步在過程中體現這一切。對於劇本創作者來說，手上完成的劇本不是終點，寫完之後，若有一日，劇本能好好執行，拍成影像作品，那會是一件極為有趣的事情，能在創作中獲得樂趣，留下美麗的回憶，希望您能覺得愉快。

張英珉

2015，8月31日

　　當初得知要出版這本編劇書時，心中除了興奮，其實有更多的不安與問號。坊間的編劇教科書已經這麼多，但要問我這些書到底能教會我什麼，一時之間，我還真說不上來。就像有人私下問我劇本怎麼寫時，我總會回答：「先寫再說！」

　　在我的邏輯裡，寫劇本從來就沒有絕對的公式、格式、定律，教學生寫劇本時，我也從來不使用教科書或制式的講義。所以，當這個近乎無解的任務壓到自己肩膀上時，我不禁懷疑，那我寫的書又能教會讀者什麼呢？

　　　　「那你就把上課教學生的東西，寫成教科書就好啦。」
　　　　「可是我幾乎都在即興瞎掰耶，我怕讀者看不懂……」
　　　　「這些練習他們會做嗎？要不要多給幾個範例讓他們參考啊？」
　　　　「還有，這本書到底是要寫給誰看啊？」

　　就這樣你一言、我一語，我和阿珉就像平常合作劇本那樣，開始不停提問、解答，逐漸拼湊出屬於我們的編劇書概念。

　　我想，這本書能做到的，是提供一些寫劇本的「方法」或「路徑」，但這些方法不一定適用於每個人。你要做的不是依樣畫葫蘆，而是試著去理解這些方法背後的道理；可能的話，請將它轉換成你自己的方法，走出一條屬於自己的路。

　　對我來說，這才是真正的學習。

　　（方法真的不怕你偷，就怕你偷回去卻不拿來用！）

　　另外，這本書會花一些篇幅，討論劇本完成後如何修改除錯，這也是我和阿珉的共識。能夠寫出一個劇本確實已經不容易，但如果你的目標是

當一個職業編劇，整合後續的修改意見，將劇本盡可能修正到適合拍攝的狀態，絕對是你要努力克服的難關。

畢竟，寫劇本的初衷就是被拍攝成影像，也是支持每一個編劇能繼續走下去的惡魔果實。來吧，試著咬一口，成為我們的夥伴吧！然後在這片充滿文字的大海裡，成為真正自由的人！

最後，感謝奶爸阿珉找我一起寫這本書，真的很不容易啊！

呂登貴

2015，8月31日

目　錄

故事是什麼？

撰稿：張英珉

既然劇本是用來承載「故事」的其中一種形式，那麼在寫劇本之前，不得不來探討「故事」這件事情。

　　目前，能夠用「文字」、「口語」、「符號」來訴說「故事」的物種，地球上只有人類。（宇宙這麼大，說不定克普勒452b的地球2.0的外星人可以用心電感應說故事。）

　　科學研究指出，智人（現代人類的祖先）和尼安德塔人的差別，在於語言。「語言」可以看成是一項「科技發展」，智人的語言成長，可能讓石斧因為需求而改變外型；相對的，尼安德塔人的石斧卻在漫長的數十萬年間幾乎都沒有改變過。雖然尼安德塔人的基因留存在現代人之中，但尼安德塔人還是滅絕了。

　　有語言能力的智人存活下來，逐步演化，變成現在的你我。

　　所以，以現代的科學研究，仔細思考語言用來做何事，想必是用來「敘事」。想像在太古時代，古代人有了語言之後，打獵的父親在洞穴的稀微火光中，緩緩告訴兒子關於石斧的製作角度，牛的弱點，獅子的強處，火山的恐怖，地震的可怕，第一次見到鯨魚時的恐懼；紡織中的母親緩緩告訴女兒關於樹皮的韌性，花葉的色彩，米粟的種法，珠貝的打磨方式，果實該如何判別有沒有毒性，季節轉移時該如何穿衣，生產後該如何剪去臍帶。

　　有了語言之後，資訊開始能傳遞、分享。一個人類無需經歷過蛇咬，就能知道某種毒蛇的可怕；小孩無需被颱風吹打，就知道颱風來臨需要躲藏。藉由故事，人群開始學會敬畏該敬畏的，追逐能追逐的，喜愛該喜愛的，躲避該躲避的。終於，故事與文明一併留存下來，可能在石壁上留刻為念，可能在樹皮、龜骨上成為記號，可能在大地上挖掘土溝痕跡，可能在石頭上成為線條，可能在口語間留下紀念——像臺灣原住民各族都有的「古老洪水神話」，若神話情境為當年冰河期結束時海面上升，那至少是一萬年前的事，歷史以口傳神話代代傳下，直至現代。

　　仔細思索，歷史上曾有過的人口數實在太多，然而萬物的存在與消

失，榮耀或虛敗，在漫長的歷史時間中都只是一閃而過的事，能留下來的，對於他人、後代而言，自己的存在最終也只是個「故事」。所以，就算你不寫劇本、小說，對自己的人生創造出「好故事」，也是一件很棒的事情。你可以反覆地活在故事之中，百千年之後依舊活了又死，死了又活。

　　所以，請務必如此想：研究故事，就是研究人類的心智，說得好故事，聽得懂故事，文明與基因才得傳續。或許故事給予人類在DNA之外，另外一種與生命存續直接相關的能力，所以這世界上不分膚色、血緣、學歷、國籍、階級的人，都對「故事」十分著迷。只要想通這點，你的「故事能力」便能有效提升。「故事」讓人吸引，「故事」讓人學習，「故事」十分神奇，擁有魔力。不信的話，你可以對未經複雜思想教育、未經複雜美學教育的兩、三歲孩童，只要開口說起故事：

　　「有一天——」

Chapter

2

劇本問與答

撰稿：張英珉

本章節將整理與介紹書寫劇本時應該知道的一些小知識，以問答的方法呈現，快速讓入門的讀者進入劇本世界。

想像一位對影視愛好如你的人，名為S君（screenplay、script），正興奮好奇地針對許多問題一一舉手發問。

S君：請問劇本用來幹嘛啊？

其實，中文的劇本兩字即說明得相當清楚：「一劇之本。」

劇本的功能在描寫「戲劇」，以及呈現戲劇所需的資訊。這世界上有故事性的各種載體，包含音樂劇、電影、電視、廣告、廣播劇、微電影、短片、電玩遊戲等等，都需要「劇本」這格式去書寫出來，用來表現、傳達、修正。

當然，為了因應各種不同類型需求，劇本的模樣便大不相同，比方臺灣和西方的劇本寫法就大不相同，各種影視需求的劇本也不一樣。

S君：劇本內容包含著什麼啊？

劇本主要的內容，便是「時間」、「角色」、「情節」、「結構」。

劇本不是圖畫，劇本所呈現的是一個流動的時間，不論乎順序倒敘，都是一個時間線性向下，有著順序的文本。

在這段「時間」內，「角色」（通常是人類或擬人化之物）在發生著各種「情節」，情節多了，必須有次序、有安排，這就是「結構」。

S君：劇本最重要的是什麼？

劇本最重要的，必須掌握的最高原則是「時間」，其他內容都因此而受到巨大的制約。

你難以用九十分鐘的內容塞入五分鐘之中，也難以用五分鐘的內容，成功鋪陳九十分鐘。每個「時間」都有它最適合的內容。你必須要

意識到所有的劇情都有時間限制，都必須在時間內完成，因此在這個篇幅內，說清楚自己該說的事情，是最重要的一件事情。

　　或許，大的題目，就要試著寫出它的氣勢與深度；小的題目，就要寫出它的深情、詭奇、怪異、溫柔等等的特殊之處。所以大而不當，或是小而無味，當然都會是時間控制上明顯的缺失，而這也是初學者最容易做的錯誤選擇。因此請在決定題目時，徹底思考「時間／內容」的問題。

S君：劇本的創作目標是什麼？

　　廣義的來說，藉由戲劇的鋪陳，能夠讓人「情緒波動」，這就是劇本的目標。以喜怒哀樂、無聊有趣等各種情緒作為基礎，延伸出有無數種的情緒波動變化。而情緒波動，其實是一種「娛樂」。

S君：什麼劇本才是好劇本？

　　「劇本」的題材並沒有價值觀高下的問題，喜劇不比寫實悲劇低級，寫實也不會比魔幻類型高超。題材之間並不具有比較問題，比較的是「創意稀有」、「鋪陳技術」的問題。

　　因此，對於初學者的劇本學習來說，不在價值觀上作判斷，而能夠比較的是「如何操作」的技術，如何將內容引導給觀眾／讀者，讓觀眾／讀者在一定的時間內，瞭解你的故事。

S君：電視劇本和電影劇本有什麼差別？

　　劇本創作者可以因應時間需求，用同一個「故事」去創造九十分鐘的電影，或延長到十三集的電視劇，甚至更長到好幾季的劇集，或是抽出其中一個情緒，拍成所謂的「微電影」。

　　所以，什麼題材「是電影」，什麼題材「是電視劇」，故事本身不會有這種差異。決定成為電影或電視劇這件事，是預算能力與製作能

力，以及導演、製片等等人的觀點來決定，甚至是時代的需求所決定。

S君：劇本的核心是什麼？

大部分的時候，「故事」是劇本的核心。（當然，有一天當你繼續深究下去，你會發現這世界上有許多影片其實不說故事，這是下一階段的你需瞭解的事。）

這個世界有許多故事正在發生，畢竟這個世界有七十二億人口（2014年），有著許許多多的故事正在現實中創造著，這些事件有些被記載下來，成為一則故事（新聞、網誌、書刊、報導等等）。這些故事，有些人會採用小說的方法讓它呈現得更豐富、更有張力，有些人會用散文感懷的方式娓娓道來，有些人會用一首敘事詩來表達，當然也有些人會直接把它寫成劇本。

當然，就算是所謂的劇本也是向這整個世界取材，畢竟任何的故事，都是人去觀察與書寫。或許用簡圖來看，這便是可能的演進順序。

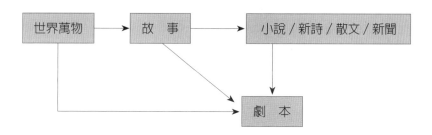

世界上有各式各樣非小說改編的劇本，比方《魔球》的內容其實主要是談管理學；臺灣著名的電影《父後七日》（曾獲金馬獎最佳改編劇本獎），便是從散文改編而來，並非小說。

S君：既然都能賣錢，出版劇本就好啦，幹嘛還先寫小說？

在全世界流行的電影，一大部分是從小說改編而來，也有一部分是

起初默默無聞，直接從劇本拍攝成為電影之後，才讓大眾知悉。既然劇本與小說同樣具有強大的影像與故事描述能力，為什麼不直接將劇本出版成書，直接獲得眾人的肯定？

在實務上，工作用的劇本，提示了許多拍攝訊息、人物資訊，這些資訊容易打斷一般讀者的閱讀連續性。

不妨想像一下，你看電影看得正過癮，突然有人跟你說：「這個資訊在第三場出現過，必須強化，不然第三場的意義會削弱。」或是有人在你耳際說著：「這個物品必須以正面拍攝，因為和第十九場有連續關係，若沒有則戲劇意義不成立。」不論是誰都會覺得很煩吧！

因為劇本雖然前端書寫是拿來閱讀，但最終目標是用來工作，不似小說好讀；甚至有人會看不懂劇本，不知道到底這要怎麼閱讀，或是誤讀。

S君：小說與劇本的技術差別是什麼？

劇本寫作，和同樣屬於「故事演進」的小說有著許多差異。

小說可以說在純文字的狀態下，讀者在腦中成立自己的影像。小說可以利用各種文字技法、形容詞，無字數限制似的，挖掘、探索、描述一些場景和心理狀態，因此，讀者腦中的虛擬影像可以千變萬化，有著萬千可能性。

但劇本因為是拍攝前的參考，儘管也是以故事為主，無法迴避許多工作上的提示，必須全然呈現各種劇情的拍攝資訊，甚至必須交代故事的「拍攝技術」提示或「後製技術」提示。在劇情的書寫上，也必須提示許多視覺畫面。

小說中堆疊形容詞有著種種風情、特殊風格、意圖、氛圍營造的可能性，但劇本是拍攝之前的參考，過多形容詞增加篇幅，可能會讓劇本的（頁數／拍攝時間）計算錯誤。

或許，你可以把小說和劇本想成：小說是可以「回頭看」的文

本，閱讀速度快慢皆可，甚至花上數年讀完一本書也無妨。至於電影，實際上電影一播放之後，是時間推擠著時間前進，一旦進入工作階段，一切以「秒」計算，你在電影院看電影或在家裡面收看電視，都無法回頭看。

S君：可以用一句話說明小說和劇本書寫模式的差別嗎？

簡單來說：

寫小說的時候，你可以描寫「冷」，而不是「溫度低」。

寫劇本的時候，必須描寫的是「溫度低」，而不是「冷」。

雖然情節也許完全一樣，但一個是物理上的，一個是感知上的，物理有絕對的標準，但感受其實無法標準化，是一種相對性的標準。

S君：能介紹一些小說改編的電影嗎？

以臺灣來說，張愛玲的《色戒》、王度廬的《臥虎藏龍》，近年烏努努與夏佩爾合著的《共犯》，九把刀的《那些年，我們一起追的女孩》，都是從小說改編成為電影。

你可以先看電影，再來讀原本的小說，藉此判斷劇本作家作了什麼增加、作了什麼刪減，多作幾次對照原本小說的閱讀分析，對於自己的創作能力、故事選擇的判斷力絕對有幫助。

S君：我想買劇本來參考，要去哪裡找啊？

因為電影劇本不常出版，如果是臺灣的讀者，可以在網路上以關鍵字搜尋「優良電影劇本」，即可下載到因得獎而對外公布的電影劇本，以供學習參考。

優良劇本獎的劇本，是臺灣非常重要的學習資料，因為紙本刊物，如當年《臥虎藏龍》出版之劇本書多已絕版，無法購置新品，大多只能在二手書店或網路尋找，是不易得到的教材。優良劇本獎中的劇

本，有許多已拍攝完畢，讀者可以在網路以關鍵字搜尋，找到這些劇本，並且對照最後完成的優秀電影。例如：

《九降風》，作者：林書宇、蔡宗翰

《黃金甲子園》（KANO），作者：魏德聖、陳嘉蔚

《那些年，我們一起追的女孩》，作者：九把刀

以此這三本劇本，比對「電影劇本」與「電影」之間的差別，藉此學習，相信你一定收穫滿滿。

S君：可是我有看到電影小說，那是劇本嗎？

一般現在能找到的「電影小說」，多是已有了劇本，或已到了完成階段，再從劇本改寫成小說，和直接的「劇本」是不一樣的目標與文體。

臺灣近期的電影中有電影小說者如：

《女朋友，男朋友》，作者：楊雅喆、萬金油

《行動代號孫中山》，作者：張耀升／小說執筆，易智言／原創故事

等等劇本小說，可供學習與參考。

S君：我是小說作者，可以寫劇本嗎？

其實會寫小說和會寫劇本是一體兩面的事情，只要注意到一些注意事項，兩者皆可同時進行。如中國導演賈樟柯出道前也寫小說，韓國導演李滄東也是小說作者，臺灣有名的編劇小野、吳念真等等，都有許多小說作品。有小說經驗，對於編劇絕對是加分。

當然，反過來說，編劇也能書寫小說，這是一體兩面之事。

S君：那……我想寫劇本……什麼樣的劇本才算好劇本啊？

什麼是好劇本是主觀的，而且有著文化地域的差別。美國人覺得好看的電影，歐洲人或許不這麼認同；歐洲人覺得好看的電影，臺灣觀眾

也不一定認同。但儘管如此，對於初學者，仍有一些可參考的指標，以文式圖表示如下：

1. 稀有題材（有創意、特殊歷史、文化、觀點）。
2. 動人的角色。
3. 高潮起伏的情節。

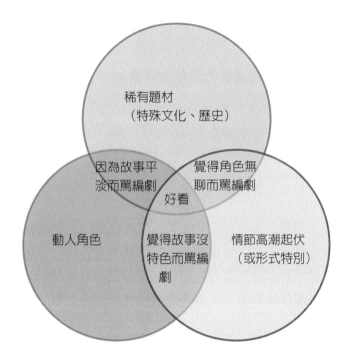

當然，這世界的電影這麼多、故事這麼多，不可能只有這種類型。你也可以有自己對於故事的價值觀判斷，比方「情感深度極深」，或是要有「強大的知識量」。只是對於劇本初學者來說，先明確地達到這三者，是一個簡易的學習標的；若能達成，再來推進下一步。

S君：據說許多導演在拍攝上是沒有劇本的，是這樣嗎？

文字是用來溝通的橋梁，如果你可以和工作人員心電感應溝通，就

能不寫劇本；但事實上我們沒有這種能力，只能靠文字傳達意念。

傳言許多導演沒有劇本，如華語世界的電影大師蔡明亮、王家衛。其實編導本人一定都有個拍攝用的劇本，只是因為許多考量，沒有和演員說明劇本而已。這便像是學習繪畫的人，必然要經過許多素描訓練之後，才能進入抽象、風格的下一階段。

完整敘訴自己要拍攝什麼、呈現什麼，是初學者必要經歷的一步，也是需要做好的一步。

S君：所以⋯⋯劇本描述得愈清楚愈好嗎？

劇本不只是劇作家寫來自娛之用，劇本負擔的也不只是在腦中成像，而是提供工作人員能夠依循、參考的一劇之本。劇本寫得愈清楚，工作人員工作時的想像就愈清楚，對於拍攝工作的效率必然是正面的。

想像一下將你的劇本未經過修正，直接到現場執行拍攝會產生什麼結果？

拍片現場分秒必爭，繁瑣、勞動，有時酷熱、有時寒冷，若劇本給工作人員後，每個工作人員都在回頭詢問導演、製片：「這邊是什麼意思？」、「這場戲的意義到底是怎樣？」每個演員回頭詢問：「這裡的臺詞到底想表現什麼？」、「她不會說這種話吧？」整個拍攝流程便會拖慢。

S君：如果劇本進行拍攝了，有誰會看到我寫的劇本？

劇本是藍圖、雛型、木胚、原石（可以是你能想到的所有原型的說法）。一部片子中，最基本在拍攝前一定要看過劇本的人，至少有製片、執行製片、導演、副導演、美術、攝影、燈光、演員等等。每部影片都是極精密的計算而成，許多計算面的訊息會被藏在劇本之中，那是拍攝的起源，也是往後工作人員需遵守、參考的內容。不過，儘管劇本並不如小說般恣意自由，但仍需提供足夠的想像力，讓工作人員看到劇

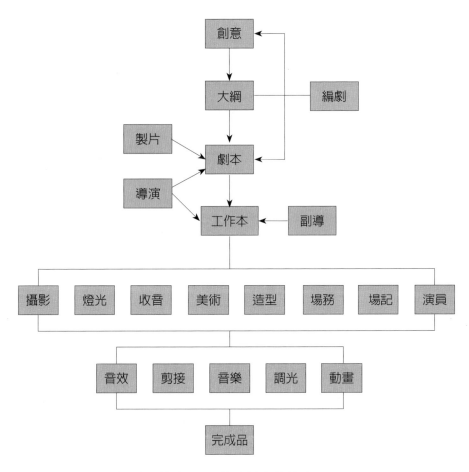

本時，能夠「再想到些什麼」、「再創造些什麼」。

　　請參閱上圖，通常如此，但不代表絕對如此，因為創作的起源有很多種可能，若是被委託創作，路線可能大不相同。

S君：可是我是初學者，我的文字能力不好，這樣也能寫劇本嗎？

　　文字能力不好也沒關係，請儘量將大腦中的情節影像描述出來即可。

　　請如此想像，文字能力是結婚對象婚禮上所穿的禮服，劇本內容就

是你要結婚的對象。衣服穿得漂亮，引人注目，但最重要的還是結婚對象是誰。當然如果可以，好的對象，好的衣服，相得益彰。

不過對於初學者而言，正確表達仍是第一步目標。

S君：有什麼背景經驗對於寫劇本有幫助？

如果你有寫作、採訪、攝影、紀實報導等等經驗，在書寫劇本的文字門檻上會較為輕鬆些。當然，如果沒有以上經驗，如果有「專業經驗」，比方專業的水電師傅、獸醫、廚師、醫生、律師、法官，運動選手等等各種職業，那麼你一定有很多特殊故事，或是奇妙的人生經驗、特殊觀點可以與他人分享，這些不常見的「稀有性」，正是故事吸引人的地方。

當然，如果你沒有這些專業經驗，卻有各式各樣豐富的人生體驗，這也有助於在劇本中的角色心理鋪陳、事件演進。

也就是對創作來說，你過往的所有經驗、發生過的事情，無論好壞幸運、衰小、吃虧、倒楣、無奈、痛苦、折磨，對創作而言，沒有一件經歷會被浪費。

S君：請問一下……原創與改編劇本的差別是什麼啊？

一般來說，劇本分成「原創劇本」和「改編劇本」。簡單說來，原創就是從未有過原始的文本，直接書寫成為劇本。改編劇本則是以其他的劇本、小說、散文、報導文學、童話、回憶錄、電影、電視等等的文體中，再編寫而成的一個「劇本」。

S君：我可以改編別人的小說嗎？

必須要經過原作者的同意授權，並取得授權書等文件資料。任意改編是侵權行為，若要改編他人作品，務必要獲得同意。

S君：關於劇本，有什麼最大的禁忌嗎？

珍惜創作，請勿冒用別人的劇本，或是抄襲別人的劇本（觸犯財產權），這將會讓你麻煩大了！

S君：可是我寫好劇本之後，沒想到有人已經發表過類似的題材了！

這的確是有可能發生的事情，畢竟世界這麼大，人口數量非常多，你寫的故事說不定早已經發生在愛斯基摩人身上，而且是七十年前就發生過的故事。或是同時間，地球角落的阿魯巴共和國中，有個來自爪哇島移民的阿嬤和你同時發表相似的故事，因為你們看了同一則非洲國家公園的長頸鹿移民到格陵蘭動物園的新聞，而啟發出類似的想法。

請在創作過程中，儘量保留你的創作資料，若有天發生別人對於你的創作的疑慮，可用以證明你的發想過程並非抄襲而來。

S君：我可以改編新聞嗎？

你可以從新聞中得到靈感，但不建議直接改編新聞事件。雖然「新聞事件」本身沒有版權，但因為你聽來的故事，別人也可能聽來，甚至比你更快去完成，更快去拍攝，品質和速度都可能更快更好，你可能會因此失望而受到打擊，對於初學者的你並非好事。

同樣的，像網路上流傳已久的笑話也沒有版權可以追尋。但以創意論，你知道的東西，別人也可能知道，也可能同樣在進行書寫與拍攝，所以應儘量避免跟別人的題材重複。提出稀有的題材，是「創意」的最根本。

S君：那我參考新聞總可以吧？

請儘量從新聞中，得到許多事件的「特殊邏輯」或是「人物結構」，或是挖掘出自己真正想要的部分，但儘量不要「直接」改編新聞

事件，直接沿用新聞內容，因為這樣你所創作的部分就少了許多。真正的重點，其實在於你所重整、再創造的部分。

多數的初學者容易依賴原來的文本，反而被限制在一個框架中，改不出個所以然。

例如，初學者若聽到一則被定義為「情殺」的新聞，就會被自然地引導去相信，殺掉女友的一定是在逃的男友，而不會懷疑其他可能的人選。這個時候，試著跟文本「逆」著走，拋出一些不可能的方向或結果，常常能激盪出意外的火花。

例如，一個罪大惡極的無差別殺人犯，有了新聞資料後，你不用再花心思去經營他的犯行，而是反向去思考「他有沒有可能無罪釋放」？一個氣候暖化的生態異狀，有沒有可能是「來自外星人的訊息」？

S君：請問我可以和別人合寫劇本嗎？

若你找到能與你截長補短的寫作者，一個人寫結構，一個人寫人物，或一個人寫對白，一人寫大綱，或是其他各種可能的搭配，都有可能事半功倍。當然，這不是一件容易的事，可能「比寫劇本本身還難」。

S君：請問合寫劇本的著作權問題？

劇本合寫，在臺灣的《著作權法》規定中屬於「共同創作」，創作者共同擁有著作權。如果要投件、發表、販售、轉移，都需要全部作者的同意才能進行。

S君：天啊，著作權裡面還有個「人格權」，那是什麼啊？

「著作人格權」是《著作權法》第21條規定，不可轉讓與繼承的權利。

意思就是，你的劇本作品的作者就是你，你不能把你的名字轉移給

他人，讓別人變成作者。所以，如果有人將你的劇本拿去拍攝，但是卻將你的姓名部分遮去，或是將劇本作者改爲他人，將內容資料作更改，這將成爲實際上的法律問題。

　　看到這裡，你大概認識了一些劇本需要知道的常識與知識，有了這些知識，對於書寫劇本有著極大的幫助，或是可避免一些錯誤發生。

　　接下來，將進入實際的創意發想篇章。請提起筆，愉快地進行各種練習吧！

Chapter
3

在創意之前

撰稿：張英珉

讓我們開門見山，如果你是個已經有很詳盡想法的作者，想要修正劇本中的錯誤，請直接跳到第十六章，直接校正劇本中可能的錯誤，累積寶貴的寫作經驗。

　　但是若你是個劇本創作初學者，則建議你耐心做完本篇章的練習。畢竟，一個劇本之中，藏有極多的「訊息」、「符號」，會有極多的「事件」、「人物」，需要在乎「結構」，綜合這些訊息看來，每一個劇本其實是一件資訊極為複雜的事，書寫劇本並不是簡單的事，故事說不清楚之外，甚至可能讓人讀不下去，生出厭煩感。畢竟，影視的邏輯和小說不同，影視最終是回到以秒記數，它不能停下，是一個有「時間壓力」的藝術，寫得不清楚，會讓人想把檔案關掉，把紙本拿來蓋泡麵。

　　讓我們客觀來說，大部分的創意，都在歷史中99.99%被實現，或是正被實現中。這和科技與文化的演進有極大關係，網路、傳播媒體的存在讓資料蒐集更快速、更豐富。所以，本章節試著透過許多方法，讓你盡可能找到那屬於自己的0.01%，而且是會被注目的、有創意的故事。

　　可是，什麼是有創意的故事，這件事情也很難明確地說明，或許是所謂的「靈感」吧。除此之外，相信如果你喜歡寫作，試著寫作，你最初的幾個作品，可能都是以自己人生經驗改編而來；但矛盾的是，如果你真心喜歡創作，便要試著儘量不要只用人生經驗來找「主題」、「題材」。

　　這聽來矛盾的原因是，因為當你將人生經驗用畢後，你會逐漸開始覺得創作好痛苦。所以，你必須轉個角度，將「人生經驗」用來處理「內容」，讓事件變得靈活生動，而題材，你手上早已開發出無數個你所經營、練習、揣摩、蒐集的題材。你不需要用「靈光一閃」去開發題目，如此，在創作的彈性上，你將更有餘裕。

　　除了頭突然被砸到而變成天才之外，還有許多練習方法，能試著讓初學者藉由練習去豐富自己的創意能力，蒐集「哏」，創造「哏」，最

後讓劇本更加完好，讓劇情豐富，讓不可能變成可能。當然，你也可以認為以下的方法全是唬爛、偏門，效果很低。如果你能生出自己的一套更有效率的創作方法，這樣也行，只要能讓腦袋加速又不傷身，任何方法都是好方法。

總之，你一定要知道，對於初學者的你而言，一切都是個「編劇遊戲」，遊戲帶來樂趣，才能持續。既然是遊戲，也請不要有標準答案。畢竟，故事就和人生一樣，誰也沒辦法說誰的人生百分之百「正確」。

S君：創作或發想之前可以做什麼來激發創意，譬如頭腦體操？

在進行創作或發想練習之前，就像運動必須暖身一樣，我們可以試著做一些小事情，這些小事情不會占據太多時間，但有可能會讓你在書寫、發想的時候更有靈感。

首先，你可以做一些頭腦體操。請翻開報紙的「數獨」欄位，或是電腦中的數獨小軟體，開始認真解「數獨」十分鐘。請注意，無論能不能解開，時間到了就放下，開始進入正題。或者，開始認真解魔術方塊十分鐘，無論能不能解開。如果解了一陣子能解開六面之後，請試著換個方式來解。當然，也不用練習得多厲害，只要練習便是；卡關也無所謂，只要有操作到即可。

這兩個益智遊戲都不需要打開電腦，只需要買數獨紙和一個魔術方塊就可以進行。

4		7		6	8	9		2
	9		2	4		6	7	1
2		6	1		9		8	3
1	4	2		9	3		6	8
			5	1			2	
5		9	8		6	1	4	7
7			9	8	1		3	5
9	8			3	2	7		6
	2	1		5			9	4

【數獨遊戲】規則說明：表格裡的每一個直條和橫條，還有每個九分之一的正方形，裡面的數字都是1到9，沒有重複的數字，請藉由推理將空格填滿。

也許你會覺得荒謬，數獨和創意有什麼關聯。也許你本來就會數獨，那你一定會發現這是一則非常簡單的數獨，花不了你兩分鐘就能解開；若你還不會，請試著解開它。數獨的遊戲目的是在藉由線索，去猜測欠缺的數字為多少，基本上就是在以線索「解謎」。你寫的故事，可能沒有辦法一開始就想出完整的故事。對於創作者的你來說，一定會有些時候需要「解謎」，這時候，數獨是一個很好的訓練。

至於魔術方塊，雖然魔術方塊有公式可供學習，但魔術方塊是個立體的「面」的轉換，每個顏色之間都有連續關係。若你能把故事想像成一個個魔術方塊上的塊面，一個事件的連續性，這其實就是一種劇情結構轉換，以及大腦中呈現影像的訓練。

如果以上兩者說不定你都會了，甚至十分熟練，那麼你需要找到其他的益智遊戲來進行。如果你會下圍棋、象棋、各種棋類、填字遊戲，可先進行這些頭腦體操之後，再開始創作，會讓腦袋運轉得快些。記得不要玩太久，這是個引子，不是全部，因為你應該是想學習寫劇本，而不是想成為棋王。

（不過若因為想寫劇本，最後卻成為棋王，恭喜你，這真是個好故事。）

S君：我不喜歡益智遊戲，還有其他選擇嗎？

當然，如果你不喜歡做這些益智小遊戲，還有一些方法可以推薦給你，就是拿一本笑話集，或是播放能讓自己發笑的影片，先看個十分鐘，達到發笑、愉悅之後，再開始發想和寫作。

（也請不要看太久，除非你想成為搞笑藝人或相聲演員。好吧，若真因為想寫劇本最後成為搞笑藝人，恭喜你，這也是個好故事！）

因為科學研究顯示，「笑」能增加腦內啡，促進情緒穩定。此外，吃巧克力與吃辣也有類似作用；香蕉具有血清素的前驅物，能讓心情放鬆；處在習慣的、舒適的、愉悅的、有安定感的地方，進行靜心冥想等等，都對自己的創作思考有幫助。畢竟，創作這件事情容易帶來焦慮，所以應儘量在舒適、愉悅的狀態下寫作，以免對身心造成副作用。本書將不斷重複強調此事，創作對初學者來說是愉悅的、放鬆的、充滿樂趣的。這是一場「編劇遊戲」，初學者的你，請勿讓創作這件事情成為不可逆的壓力來源。

更重要的是，若你喜愛創作，絕對不要因此熬夜，熬夜會讓人判斷力下降。也不要一次寫太多進度，更請勿讓自己依賴不良嗜好來創作，否則需戒除時，對健康會造成極大的影響，也同時影響了創作。如暢銷書作家史蒂芬‧金曾說過自己的創作生涯花了許多時間在戒酒，帶給身心巨大的痛苦。

S君：為什麼需要這樣做？

說起來，寫劇本的人好像是某種清心寡慾的教徒。其實並非一定要遵守什麼戒律，而是因為寫劇本、發想故事，不管是角色設計、情節設計、結構設計，全都是在「抉擇」。在最初創意還在茫茫混沌的狀態中，你要放棄不好的選項，選擇好的選項，接著因循著劇情的線索，找到更好的選項。因此，既然書寫都是在「抉擇」，所以盡可能要在腦袋清醒的時候作選擇，初學者的你才能得到最正確的決定，以及知道自己為何作這樣的選擇。

若你常利用一些不良嗜好，讓自己跳過「自己清楚知道自己如何抉擇」的這階段，你便難以複製你的成功經驗，以及避免錯誤經驗。

當你逐漸練習，有了書寫經驗且完成第一篇劇本之後，你會發現，如果自己的人生作了一個錯誤選擇都會後悔不已，而劇本是在一個限定範圍內的人生，比人生中的抉擇還要更快速、更直接，在短短數頁到數十頁內走完。若你在創作的劇本之中，作了較不好的決定，這個故事便會逐漸讓人讀不下去、看不下去、拍不下去，甚至生出厭惡感。

對初學者來說，創作必須是一件快樂的事，請不要因為創作而製造負面壓力，請愉快地、興奮地、喜悅地學習與創作吧！

Chapter 4

蒐集創意：觀察與記錄

撰稿：張英珉

來進行各種創意發想的方法吧！

　　想像，這世界的故事都在空氣中四處飄竄著，以下你所學的這些想法，都算是一種創意工具，工具將逐漸交織成為一張巨大的網子，讓你在空氣中捕捉到彷彿蜉蝣一樣微小短暫、名為「創意」的透明蟲子，並牢牢地讓它成為你記憶中的標本。你的網子愈大，網密愈細，就愈能捕捉到別人怎麼抓也抓不到的，那眨眼即消失、發著光亮的金色蟲子。

　　以下正式進入各種創意練習。經過許多次教學實證，歡迎未有創作經驗的你，拿起紙筆書寫吧！

公共空間觀察法

　　現在開始，你可以提高些許的注意力，練習觀察你身邊的大小事物，特別是「人」。

　　戲劇的主角是人（或擬人化的物）。生活中，其實有許多「人物」可供觀察，打開電視是最容易的方法，你可以替電視中的戲劇人物、政治人物、演藝人員去側寫故事，以及虛構角色。但可惜的是，以「創意稀有度」論，電視中能看到的人，其他人也能看得到，所以只有你自己看見的，才最為珍貴，這也是強調親身觀察的緣故。

　　以人類的全身打扮、面相，最推薦火車月臺或是便利商店、速食店、大眾交通工具，因為你可以因此看到大量的當地人，屬於這個時空、地緣下的人物審美觀、生活模式、使用器材、水準品質、教育普及度、風格美學等等，這是相當珍貴的觀察。若你去外國旅遊，這些地點也是最好的觀察所在。

　　此外，在臺灣的速食店內，顧客多半會大聲喧嘩，放聲說出許多私密話語，這是最容易側寫他者的公共空間，也是最適合找到「角色」的地方。更何況這是一項幾乎免費、隨時隨地都可以進行的練習。如果你可以以此成為習慣，將會有源源不絕的角色創意可用。

　　所以，你可以帶一支筆和一本空白筆記本，像素描繪畫一樣，將眼

前所見用文字記載下來。

讓我們看看以下的記錄範例。

2010年10月，桃園，某間麥當勞，下午

她是一位纖瘦的女子，綁著馬尾，年紀超過三十。每次見到她都在下午，她只選擇靠明亮落地窗的邊桌，通常穿著素色的長洋裝，上面的花紋很少，若有也是灰色線條。她只點一杯咖啡，喝光之後，就喝自己帶來保溫杯的水，而且是兩個保溫杯。她似乎喝了很多水。特別的是，她坐在桌前，桌上擺放著不可能在當日看完的一大疊國考用書籍，疊起來大約有十公分厚，幾乎遮住了一半她的臉。

根本不可能看完的書量，讓我在旁邊看得都焦慮起來。由於對她實在很好奇，我在丟垃圾時靠近一看，原來她正在讀的是考公職的書，最上面那本是民法，還有一些與鐵路考試有關。書都像二手書，有參考書也有課本。

最特別的是，她竟把鉛筆盒打開，立起一張神明的卡片，遠遠看不出來，還以為是鄧麗君還是什麼的偶像照片，直到近些看時才發現，原來那是一張觀世音乘龍飛行的卡片。

2013年9月7日，臺鐵火車上

搭火車到高雄，火車到臺中的時候，上來了一個在火車上拉筋的阿姨，頭戴著金蔥亮片頭巾，一走入車廂就開始旁若無人，不斷地蹲下站起來，像某種拉筋舞蹈。她身上穿著鑽石亮片的腰帶，肩膀上有著蝴蝶紋身貼紙，沒有人問，她自己大聲講起來。

她說：「我有練過芭蕾舞啦，所以才會這樣──我要去做法會，無形勝有形──我是宇宙天使，我不能亂講，天神叫你不要呼吸，你就掛了，我現在要端正社會風氣。」

她的出現，讓有著山東腔、一直放聲聊天的自由行大嬸全安靜了下來。

　　女子繼續蹲下站起來，說話說一說，突然唱起了歌：「孤夜無伴──」車廂裡一片安靜，只剩歌聲，好像在看舞臺劇，是粉紅豬或林美秀所演出的角色。

2015年4月2日，桃園，便利商店，下午約三點

　　一個頭髮QQ，十歲上下，看起來名字應該叫作「聖南多」，出現在南美洲，專長是踢足球的黝黑外國小孩。聖南多和一個看起來臉龐膨膨，名字應該叫作「陳大寶」的臺灣胖胖男孩，兩人一起騎著腳踏車來到7-11寫國語作業。在便利商店外，兩人的腳踏車前後輪鎖在一起，看來感情深厚。

　　兩人來到座位上之後，打開國語作業，開始東看西看。原來那看來是外國小孩、彷彿會出現在歐美或是南美洲電影裡的孩子，沒想到說的是普通國語，是從小在臺灣長大的孩子。「聖南多」一直張望，說好想吃39元的珍珠奶茶套餐，然後討論狗會不會拉屎的問題，接著叫彼此吃大便。（兩人根本沒認真寫作業嘛！）

　　「聖南多」的鉛筆盒上有Q版的魯夫，他一直咕嚕咕嚕喝著蘋果西打。「陳大寶」作業寫沒兩筆，就說要回家拿錢，想去買雞排套餐，便解開鎖，自己騎著腳踏車離去，留下「聖南多」專注在寫作業。陽光照著「聖南多」寫作業時靜靜的側臉，是個漂亮的小孩。

　　「聖南多」翻開的那個課本題目是：「第六課　永遠的蝴蝶」。

　　其實這些將人物素描起來的方式，許多有經驗的創作者絕對不陌生。像《羅生門》、《七武士》的日本編劇大師橋本忍，便說明自己喜

歡在山手線觀察乘客，若是搭乘中發掘到特別的人物，便下車跟隨一陣子，遠遠地觀察他的型態、動作，直接作為未來電影劇本中的角色範例。許多他的電影角色都是直接從現實中摘取而來，方便、有效。

當然，有時候沒有很特殊的角色出現，你還是可以好好觀察一些人物的小動作、自然的互動模樣、壞習慣、口頭禪、人物服裝美學，這些都是用來營造角色非常好的材料。

你觀察別人，說不定別人也會觀察你，覺得你真是一個奇怪的人，回家寫在日記或是社群網站上，說今天遇到了一個好奇怪的人，寫到他自己的劇本裡。

紙筆練習時間

　　或許，請書寫描述看書的此刻，身邊一個最特別的人，細膩地描述他的動作、姿態、話語、壞習慣、口頭禪、服裝物品等等。仔細思索看看，若以他作為一部片子的角色，又會是什麼樣的故事呢？

記錄夢境

這是一則基礎的創意記錄，若能養成習慣，對自己會非常有幫助，因為夢境通常天馬行空，超過自己明意識的思考，但夢的一切影像、事件根源，又是自己在生命歷程中所體驗，或是閱讀而來的邏輯，所以夢境或許無比跳躍，但你不會難以理解其中發生的事。（日本動畫導演今敏的作品《盜夢偵探》，就是描繪夢境和潛意識虛實交錯的傑出作品。讀者若對類似題材有興趣，可以去找來觀賞。）

記錄夢的好處除了日記，也能給予自己很多「畫面思考」。從今天開始，試著用文字記錄下你的夢境，內容清楚、朦朧、模糊、未知都無所謂，且看作者所記載的幾則夢境。

2006年4月18日，所作的夢境記載

我夢見了，我睡在房間裡面，接著我夢中夢，夢見了以往覺得輕飄飄的雲朵迎面而來。我在夢中睡眠的時候，雲朵非常靠近我的身體，我感覺到無比的沉重，雨一直下著。場景一換，我躲在棉被中，而棉被似乎可以抵擋狂風暴雨似的。我一直感覺到棉被外面下著狂風暴雨，我非常的擔心。接著我要把棉被掀開了，因為是夢中夢的關係，所以在夢中的我當真，極度恐懼。

接著有一人說，來不及了，都毀了。我一掀開棉被看到了臺灣到處都是淹水的淺灘，此時我們似乎住在一個沼澤中似的。這時候我難過地馬上把床搬起來，像搬一個充氣塑膠一樣輕鬆地搬上了一個較高的地點，於是第一直覺又想去拿我的DVC30（註：當時代的DV帶攝影機）、筆記型電腦和數位相機F717。可是這時候在夢中的我一轉頭，看見了我的防潮箱在淺灘中打開開向著天空，器材全泡在水中。我很後悔自己沒有在防潮箱裡面加上防水袋，我抓出了F717和DVC30之後，想

要在地上的水中撈出我的筆記型電腦，我努力撈，但是沒有辦
法。

　　我好難過，整個臺灣都泡在水中，這是大自然的反撲嗎？
好痛苦，在這瞬間，我就起床了。

　　或許這夢境揭露了作者本人很怕昂貴器材毀損的擔憂。夢境中的
雲朵一轉場變成了棉被，彷彿兒童動畫電影，這在正常的意識之中，不
太容易直接聯想成如此，在夢境中卻隨意變化，彷彿動畫、電影一樣轉
場。

2009年9月13日，所作的夢境記載

　　我騎著摩托車載著女友到咖啡廳，遇到一個人過來討論筆
記型電腦的東西，隨後天空陰暗，那人就說我可以載你的女友
回家，我的女友竟然就跳上車被載走了。

　　「要是那人是壞人就糟糕了！」夢中的我驚訝地想著。我
緊張地騎著摩托車追上去，遇到一個警察攔住我。我急忙的和
他說拜託趕快開罰單，我要去找人。警察手腳很慢，我趕緊掏
錢出來，那是一疊千元大鈔，我竟這麼有錢。

　　結果，一疊鈔票之中，其中一張鈔票飛走了，我緊張地追
上去撿那一張鈔票。沒想到一轉頭，場景換了，變成一張張辦
桌的圓桌，錢一疊疊在桌上放著。我離桌子很遠，一堆菜市場
阿嬤遙遠地把我的錢拿走了（其實錢放在桌上也不知道是不是
我的，但在夢中這樣剪接，我便認為是我的）。

　　我追了上去，她們卻突然不見了。我焦慮地轉身看，看到
幾個穿著一模一樣服裝的阿嬤走了過來。

　　「你們有看到我的錢嗎？」我緊張地問。

　　「沒有喔！」

　　「真的沒有看到嗎？」

「真的啊！」（你們不要裝傻！）

「那些是我的錢啊！」（怒吼）

「那些是我的錢啊！！」（向天哭喊）

我在怒吼中醒了過來。

這個夢，大概是擔憂生活費見底而生出的夢境，不斷轉場，彷若動畫電影。

當然，你可能會想，單純的記載不一定有用，這些情節也不一定能放入影片之中，但當你保持習慣，也有著閱讀、創作習慣時，很多時候，你會直接夢見一個完整的故事。筆者有多次經驗，當你清醒過來記載完畢之後，你會因為自己竟然用夢境寫出一則超級完整的故事而興奮不已。

當你繼續書寫下去，寫到有天當你作夢，竟把自己的故事在夢中能演出一遍，彷彿看一場電影，或許醒來之後，你會更加激動，原來自己寫的故事，拍出來是長這個模樣。

　　請試著記錄最近一次你最深刻的夢境，愈多細節愈好。當夢境醒來那一刻，發生了什麼事？這個夢和你的真實生活又有什麼連結？

_____

_____

_____

_____

_____

_____

_____

_____

_____

_____

_____

_____

_____

_____

_____

_____

_____

_____

_____

Chapter 5

蒐集創意：新聞剪報

撰稿：張英珉

蒐集並解析新聞

從小到大，師長、學校教育都告訴我們要讀報看新聞，藉此瞭解社會，但卻鮮少有人告訴我們要去蒐集並且解析新聞。新聞五花八門，幾乎無所不報，你可以用閱讀而來的經驗，取代年紀的體驗與記憶，讓你的故事選擇變得豐富，這是剪報大量閱讀蒐集的最大好處，你能因此拓增對世界的認識。何況，臺灣資訊傳播相當自由，因此可以看見許多戲劇性的新聞，仔細研讀，就會發現許多故事的基本模式。

讓我們來閱讀幾則新聞，若你可以順手用手機上網，請用關鍵字搜尋出這些新聞。

搜尋關鍵字：金門、北越、戒指

2008年1月22日，網路新聞

一名來臺灣幫傭的四十歲北越女子，帶著當初母親給予她的金戒指，來到臺灣幫傭，並想要藉此機會找尋他的生父。

原來，北越女子當年出嫁時，母親告訴她，其實她是阿姨，並非生母，她的生母早已過世，託給她一個金戒指，作為尋父的信物。

原來，四十年前，女子的母親在香港認識來自臺灣的男子，兩人有了一段感情，未料女子的母親回到北越後，兩人還想再聯繫，卻因為南北越戰爭而失去音訊。

戰爭結束數十年後，孩子長大了，已成婦人年歲，來臺灣當看護傭，本想行有餘力再來尋親，未料第一位服務的阿嬤過世之後，女子轉到金門去當看護傭時，方才發現自己隨身的金戒指竟不見了，那是她尋親最重要的信物，實在令人心焦。她只好不斷回想，請託過往臺北的雇主幫忙尋找戒指的下落。未料臺北的雇主從櫃中找到小袋子，打開一看便看傻了眼，戒指上竟刻著自己的名字。

雇主這才發現，原來來幫傭的這名越籍女子，竟是當年失去聯繫女子的小孩，也就是自己的親生骨肉。而過去七個月她就在家中幫傭，卻未曾知悉，分離多年的孩子，竟然就在眼前。

　　以上是新聞所寫的資訊，稍加整理之後的內容。大時代大鉅著，內容充滿戲劇性，巧合連發。若是寫成小說，資料描述不清楚還可能會讓讀者認爲「這太扯了吧」，但這一切都是眞實發生過的。

　　現實的人生，果眞比小說還小說。

　　以下是另外一則特別的新聞。

搜尋關鍵字：鋼琴、失蹤、房東、房客
2009年3月31日，《自由時報》報導

　　有一名女房客，看似一切正常，房間裡面還有自己帶來的一架鋼琴。鋼琴是個昂貴之物，代表這個人要「長居於此」的符號。然而有日，這個女房客卻憑空消失，且一消失就是數年。由於房間内的東西完好，又有一架鋼琴，房東不敢動房間内的物品，四處搜尋房客卻都無所蹤，這一放就是許多年。

　　房東無可奈何，只能訴諸報紙。還好，新聞見報隔日，竟馬上有了回應。女子突然現身，說明自己是因爲父親驟逝，母親心傷，便和母親一起飛到美國去。她回臺灣時，因爲擔憂房東的想法，曾在窗口偷看，發現鋼琴還在；然而因爲她覺得很抱歉而不敢詢問房東，直到見報後雙方終於聯繫，溫馨收場。

　　想想，若你是那位房東，對你來說，房客消失這件事情足以讓想像力無止境延伸，你會想到什麼故事？

_____

_____

_____

_____

_____

_____

_____

_____

_____

_____

_____

_____

_____

_____

_____

_____

_____

_____

_____

_____

_____

_____

_____

從新聞中容易出現的故事模式

　　有否發現，其實新聞中充滿著各種吸引你注意力的「故事」。當然，故事愈大愈知名，對於「創意」這件事情就不是那麼好，因為人人都知道的東西反而不是你該去寫的故事。但在說明上，以下這些新聞是容易理解的舉例，或許讀者可以注意到許多關鍵字，並且試著留下一些關鍵字，將人名與職業替換。或許你可以以此基礎，想像出一段只有你才能想出來的故事。

　　林來瘋——林書豪，一個「從未」出現過在紐約尼克隊的華裔球員，在「不被看好」的狀態下來到最好的球隊，在最強的球員之中殺出重圍，打開「七連勝」，引發一段「林來瘋」的世界風潮，相當勵志。

　　建仔現象——王建民，「從未」出現過在紐約洋基隊的臺灣球員，在「不被看好」的狀態下，在大聯盟中殺出重圍，拿到亞洲投手「有史以來最多」的單季勝場。

　　塑化劑事件——2011年的新聞，一個小技士，注意到儀器中「從未出現」的波段，後來竟然意外發現從未有人發現到的有毒事件，揭開了「隱藏多年」不為人知的大規模黑心食品添加塑化劑事件。

　　毒油事件——2014年的新聞，起初一個「默默無名」顧鴿舍的阿伯，發現到隔壁收油的廢油工廠的惡臭，「在地方告發無效」後，阿伯去其他縣市告發，沒想到竟然從此小廠連續向上「連環爆發」，揭開食品廠商在食品中添加回收油脂的事件。

高雄監獄事件——2015年的新聞，監獄囚犯製造騷亂，臺灣歷史「有史以來第一起」監獄囚犯持槍「抓住典獄長」，並與「新聞連線」，引起社會一陣騷動，最後五個犯人以自殺方式結束。

這些新聞是剛好這麼完整，讓人讀到了一個暗藏許多訊息的「故事可能性」，或是能夠抽取出「故事邏輯」的可能性。如果你在閱讀新聞時，有發現這種「可能性」，暫且不管你知道或第一時間想的是：「唉呦，不可能啦！」「Are you kidding me？」「騙肖啦！」「不可思議！」也都以「哏」的方式記下來吧。

紙筆練習時間

　　請翻頁找尋報紙、雜誌，發現一則有許多故事可能性的新聞。不同於之前的需求，本則新聞請以臺灣新聞為主，以身邊的事件為主，試著從這則新聞中，分析出一個故事的可能性吧。

如何分類剪報

剪報的分類方法，請視你的寫作取向來決定，畢竟剪報的目的在於拿來發想與改編，大量蒐集自己較感興趣的類別，更能夠激發故事的靈感。例如，筆者對臺灣戰爭背景的題材特別感興趣，加上具有農業背景，對生態相關的題材也有較深的見解。以下用筆者蒐集的幾個分類項目作為示範，簡略說明之。

戰爭：

世界各地無處不發生戰爭，勢必創造許多平和的臺灣所不能想像的故事，好比最近的ISIS、敘利亞古城阿勒坡戰爭等等，其中必然產生許多讓人不勝唏噓的故事。

災難：

理由同戰爭，不管是人為的災難或是天災，畢竟災難中會出現許多人性糾纏。其實「相濡以沫，不如相忘於江湖」，沒有人喜歡災難，但總有需要相濡以沫的時刻，故事就一一出現。

犯罪：

非常現實，人類似乎只有在犯罪的時候會動腦筋，比方日本的「三億元事件」（請讀者搜尋這件事情，瞭解有多離奇），比方許多經濟犯罪、詐騙犯罪、密室犯罪，都一一在挑戰人性。犯罪是一個適合研究的題材，不一定要因此書寫犯罪故事，而是由此深度探討人性。

鄉野故事：

屬於臺灣在地發生的大小事，若覺得有趣則剪下蒐集。畢竟雖然臺灣在世界上以面積來看並不大，但人口也有兩千多萬，且

與國際深度連結，這麼多人口，一定會生出許多故事素材可用。

奇人異事：

世界上，有些事情很特殊，比方巨大的菜頭、奇妙的未知坑洞、史前文明、UFO等等、有時超過常人邏輯所能想像，在報紙上通常只有一小角，也將它剪下分類，拓充自己的想像空間。

生態、科技發明：

此乃筆者個人偏好，有些科技發明的想法，看來是科幻小說的情節，比方臺灣曾研究的「葉綠素電池」，便多麼具有科幻想像力。

蒐集了這麼多類型的新聞，在劇本創作上到底有何幫助？

其實，蒐集這些新聞，便是有助於認識世界，畢竟人的知識範圍有限，很難突然探究其他領域，因此蒐集新聞，便是每日探究一點世界，類似存錢，只是存的是「哏」和「概念」。

當然，你或許會問，網路時代，為什麼不留電子檔就好。但經過筆者多年蒐集的心得，許多報紙上有的資料，有時網路新聞並不會刊登，或是地方報通常沒有電子報。也有許多搜尋不到，或是已經多年後竟沒有留下網路檔案的資料，這時候才會發現紙本的好處。

筆者曾經蒐集921地震當時新聞、報紙、雜誌超過十天分量，但多年後因想著網路大概都有資料了而丟棄，因此後悔不已，因為剪報資料中除了留下新聞事件之外，還有留下當時時空背景下的器材、車輛、社會資料、美學等等資料，對於營造戲劇細節很有幫助。

不管如何，資料能電子化的就電子化一份，但紙本依舊不可偏廢，盡可能留下，蒐集在資料冊中。

近年華語電影中，有些電影是從新聞改編，你可以在網路上找到許多該片導演關於影片的發想與創意過程，會對想從新聞中改編的你十分有幫助。例如：

· 《不能沒有你》，編導：戴立忍
· 《女朋友，男朋友》，編導：楊雅喆

反向解讀新聞

在剪報的過程中，你會得到許多故事。由於從小到大，人們相信媒體的權威性，因此合理上，你會認為報紙上寫的「全都是真的」，這時，讓我們改變一個前提，請你拿起報紙一看，將前提改成：「報紙上說的，其實全是謊言。」

如同過往資訊不豐富的年代，特務會用報紙頭版下的小框格發送一則普通訊息，卻是暗藏著一起行動啟動的代號。想像報紙上的內容全是假的，將會帶給你極好發揮的靈感作用。

不管是凶案、社會新聞、毛豬價格、菜價崩盤、政治人物的誓言、尋找五十年不見的親戚、社會版、政治版、演藝版、分類廣告、找到失散的兄弟，如果以上的資訊全都是假的，那麼，為何會是假的？為何要如此編撰？編撰之後有誰會得到好處？有誰會痛苦？誰會失望？誰會受到折磨？誰又為何釋放如此看來無用的消息？無用中是否有用，其中是否暗藏什麼訊息？

只要一張從路邊飄來、踩躪斑駁的報紙，都能是你無止境的發想材料。

紙筆練習時間

　　試著隨手拿來一篇報紙或雜誌報導，並且認為那是假的 —— 為什麼是假的？是誰讓它變成假的？請隨意發想，書寫一則小故事吧。

_____

_____

_____

_____

_____

_____

_____

_____

_____

_____

_____

_____

_____

_____

_____

_____

_____

_____

_____

_____

_____

蒐集創意：看圖説故事

撰稿：張英珉

許多創作者都有隨時記錄的習慣，現今的智慧型手機便是個很好的記錄器材，你也可以用相機拍照留下影像。如果有時要記錄較長的思緒內容，可以調成錄影或錄音模式，自己對著錄音錄影，用電子郵件寄給自己，或回家再播放抄錄成文字檔。

　　最常使用的便是用手機拍下身邊可能有「情節發想」的照片，當作發想的練習。若能習慣此發想法，有時站在路邊看著某景色，都能設想出某種適合的情節；甚至你已無須拍攝，只需看一眼，便能想到些什麼。

　　以下是筆者以智慧型手機所拍攝的一些圖片範例，照片來自生活，檔案品質不像數位相機這麼精緻，但作為發想提示已十分足夠，重點是：隨時記錄下來。

　　請你看圖思考，並且同時間可以搭配以下提問。本書預留了紙筆空間，歡迎你提起筆做個簡單的練習。

月臺上的假髮

這張照片拍攝於2014年11月左右，時間是早上十點左右，在桃園火車站月臺，這一團黑物是一頂假髮。

　　問題來了，這張圖有幾個符號，符號牽扯了許多線索，讓我們試著解析這線索，用條列式來思索、側寫看看。

　　1. 是誰遺落了一頂假髮？

　　2. 是故意的嗎？還是無意的？

　　3. 有人試著找過它嗎？

　　4. 失去的人會感傷或擔憂嗎？

　　5. 時間非上班時段，但有可能是上班族的嗎？

　　6. 是有人扯下它的嗎？

　　7. 有人因此認出被扯下假髮的人嗎？

　　8. 有可能因為這而產生一段戀情嗎？

　　9. ……（你可以無限制的想像下去）

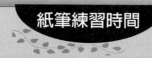

紙筆練習時間

　　當然，推測出許多線索之後，讓我們用簡單的影片分類方法，進行一些聯想。你可以試著思考看看，用你的人生經驗，用你的觀影經驗得到故事邏輯。

　　·如果，這是一部文藝片的結局：＿＿＿＿＿＿＿＿＿＿＿
　　·如果，這是一部恐怖片的結局：＿＿＿＿＿＿＿＿＿＿＿
　　·如果，這是一部戰爭片的結局：＿＿＿＿＿＿＿＿＿＿＿
　　·如果，這是一部科幻片的結局：＿＿＿＿＿＿＿＿＿＿＿
　　·如果，這是一部驚悚片的結局：＿＿＿＿＿＿＿＿＿＿＿

　　你可以各自以以上的提問，想出一些什麼嗎？請在以下這頁，試著動筆寫看看。每則五十字即可。

＿＿＿＿＿＿＿＿＿＿＿＿＿＿＿＿＿＿＿＿＿＿＿＿＿＿＿＿＿
＿＿＿＿＿＿＿＿＿＿＿＿＿＿＿＿＿＿＿＿＿＿＿＿＿＿＿＿＿
＿＿＿＿＿＿＿＿＿＿＿＿＿＿＿＿＿＿＿＿＿＿＿＿＿＿＿＿＿
＿＿＿＿＿＿＿＿＿＿＿＿＿＿＿＿＿＿＿＿＿＿＿＿＿＿＿＿＿
＿＿＿＿＿＿＿＿＿＿＿＿＿＿＿＿＿＿＿＿＿＿＿＿＿＿＿＿＿
＿＿＿＿＿＿＿＿＿＿＿＿＿＿＿＿＿＿＿＿＿＿＿＿＿＿＿＿＿
＿＿＿＿＿＿＿＿＿＿＿＿＿＿＿＿＿＿＿＿＿＿＿＿＿＿＿＿＿
＿＿＿＿＿＿＿＿＿＿＿＿＿＿＿＿＿＿＿＿＿＿＿＿＿＿＿＿＿
＿＿＿＿＿＿＿＿＿＿＿＿＿＿＿＿＿＿＿＿＿＿＿＿＿＿＿＿＿
＿＿＿＿＿＿＿＿＿＿＿＿＿＿＿＿＿＿＿＿＿＿＿＿＿＿＿＿＿
＿＿＿＿＿＿＿＿＿＿＿＿＿＿＿＿＿＿＿＿＿＿＿＿＿＿＿＿＿
＿＿＿＿＿＿＿＿＿＿＿＿＿＿＿＿＿＿＿＿＿＿＿＿＿＿＿＿＿

電梯內

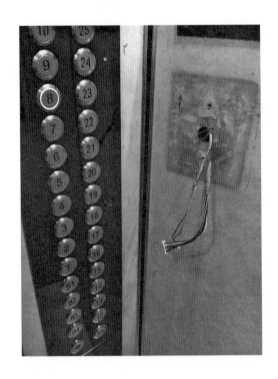

　　你覺得這張照片內容是什麼？2014年中某日，一走入社區大樓的電梯內，出現了一個未曾出現過的問題——電梯內用來掃描卡片的掃描器竟然被拆掉了。所以，任何人都可以不用卡片，就能夠按下每一樓層。

　　這是一個詭異的狀態，平常所習慣的進電梯動作被打斷，而電梯本身是一個公共空間，大部分都是白色燈光，有時陰暗，有時有著各種氣味，進來許多你不想碰到的人，當然也有可能碰到你喜歡的人。

　　相信你可能看到這裡，就會聯想出許多國外恐怖、驚悚片的情節。

問題來了，請問：

· 如果這是愛情片，你覺得接下來會發生什麼事情？

· 如果這是功夫片，你覺得接下來會發生什麼事情？

· 如果這是驚悚片，你覺得接下來會發生什麼事情？

· 如果這是偵探片，你覺得接下來會發生什麼事情？

· 如果這是動畫片，你覺得接下來會發生什麼事情？

　　你可以各自以以上的提問，想出一些什麼嗎？請在以下這頁，試著動筆寫看看。每則五十字即可。

相信你經過多次的以圖尋找發想練習之後，在現今網路上各種圖片充斥的時代，儘管網路上的圖片數量多到像資訊垃圾，但是若你能隨意讀著，從中找到一個特殊的點，發現出自己的故事，那便是在淘金，你將淘出一件專屬於自己的稀有題材。

　　以下是幾張有趣的照片，你可以從這邊想出許多故事嗎？

　　‧深夜時刻，被棄置在巷弄的花束。

· 地上的紙張上寫著：……聞著你的髮香……太多……這樣很
　痛……他懷裡……

· 這是一位不斷夾娃娃的年邁阿公。

Chapter
7

無中生有：變數

撰稿：張英珉

創造變數

　　在觀察、記錄性的創意發想之後，你會知曉很多新聞，關注很多身邊的人，記錄下許多夢境。你開始會有著許多材料，這些材料，提供了你進行各種變數的可能性。若你能多加練習，你可以隨意在你的故事中，創造許多的變數，而這些變數若能好好使用，一定可讓故事變得精采。

　　大部分的戲劇，過程都是衝突（創造變化）與妥協（變化消失）的。

　　大部分的常人，日復一日過著平淡的生活，沒有變化。請試著回想你十八歲生日那天的早餐是什麼，二十五歲某日拉肚子的衛生紙品牌，你不太可能會記得。（當然，如果你有異於常人的特殊記憶力或某種學者症候群，是有可能記得。）

　　正常來說，尋常發生的事情，必然會被遺忘。要留下記憶，必須有一個特殊性、所謂的爆點或是深刻之處，用來連結記憶（你可以嘗試看看，在記憶某個困難單字時，請人在旁邊幫你把氣球刺破）。你會發現，事件愈特別，記憶才能連結起來。

　　所以，請想像義大利「比薩斜塔」的畫面，這世界上這麼多塔，為什麼你會特別記得這個塔；為什麼2015年颱風後「歪腰的郵桶」，引起了排隊拍照的風潮。

　　你可以理解，一個人天天慢跑，每次慢跑十公里，同樣路線多年過去，他躺臥床上回想往事，回想自己的跑步回憶，竟然只會記得有一天在路上跑步的時候，突然遇見穿著熱褲的麥當勞叔叔奔跑而出。

　　你可以理解，一個人天天釣魚，總是釣起了吳郭魚，多年過去，當他生命終結之前，躺臥床上，他竟然忘記以前釣過什麼魚，腦中只會記得：有一天我釣起了斑駁的麥當勞叔叔。（如果再釣起漢堡神偷，他就會相信水底下有一間麥當勞……！）

　　你一定記得第一次告白，或是第一次被告白時的對象、話語、心

情、場景，甚至天氣、氣溫、旁邊的人、手上的道具，以及被告白的前後事件。但是那天晚餐吃什麼、爸媽說了什麼話，如果是與告白事件無關，你可能就無法記得。

因此，對於初學者來說，角色與戲劇推進（以及對於觀眾的記憶點來說）愈特別或是愈波折，讓觀眾情緒起伏深刻，便會是容易記得的情節。因此對於創造故事的人來說，必然要創造出許多「深刻的變數」。當你能自由創作出深刻的情節時，你才能走向進階——不巨大起伏，卻深刻的情節。

以下便是一些簡易的練習方法，請盡可能地嘗試看看。

變數：認知抑制解除

人類對於劇情（就是世界），會有一種「先驗」的心理，對於能夠理解、辨識、有過經驗的事情，會優先接受，且具有親切感，所以，創作者必須在故事中突破觀眾／讀者的這種心理，才能達到出乎意料的劇情深刻感受，這是一個創作者最基本的考驗。

當然，突破「先驗」這件事情，便是一個很好的發想練習。

首先，讓我們來認識一個精神醫學上的專有名詞：抑制解除（disinhibition）。

簡單地說，大部分的人類都會被教育和觀點給限制想法，因此，你有了一個對於世界的「認知」（如同前一章所說，你會相信新聞都是真的），這是無可厚非的事，也是生物的本能。一旦將這個認知的「抑制」解除之後，你看到萬物都會產生懷疑，一直存在於恍恍不安的狀態，像是精神有了些問題。

然而，對於創作而言，本質上的認識這個行為，對於創意的發想是一個很好的練習，方便快速，隨時可作。自由自在解除認知的抑制，或許，你可以說，這就好像所謂的天才和瘋子是一線之隔。（其實，網路是個更顯而易見的例子，你會發現有人會在網路上將語言與行為的社會

抑制全打開——現實一條蟲，網路一條龍。）

最基本的，你現在閉上眼睛，想像你緩緩走入了一個空間，你的眼前有個物品，一張木桌子上有顆紅蘋果。

對正常人來說，你可以看出這是一顆蘋果以及一張桌子，除此之外，你不會有其他想法，這也是我們認識這個世界的方法，簡單、正常，「理所當然」。

很奇妙的，其實桌子上面的紅蘋果，是由木頭雕刻、噴漆做成；而這張桌子，也不是真的木頭桌子，而是用切片的蘋果堆疊起來，最後噴漆著色而成。所以，你看到的蘋果其實是木頭，而你看到的木頭其實是蘋果。

看來材質互換，似乎是混淆了真實。

讓我們繼續來做個練習，你眼前看到的物品，這套桌椅，如果它的材質是水，卻又不是冰塊，那會是怎樣的狀態？

你喝便利超商的飲料，喝一喝，咕嚕咕嚕，把杯子也喝掉了，原來杯子也是水做的，而且杯子在被喝完之前，哀號了一聲：「我不好喝！」

如果你眼前打字的電腦，其實是一片巧克力蛋糕，而且還能打字，打一打字，巧克力就變成字，你就把它捏起來吃了，並打了個大飽嗝。

你在速食店點了一份漢堡，咬一口發現那不是漢堡，而是漢堡形狀的蟑螂，漢堡蟑螂嚇得飛走，好噁心！（所以，地上那些紅豆是……）

你打開報紙，裡面全部都是謊言，鉛字其實是黑色的蟲子爬滿而成，爬著爬著，字義就改變了，「我最不愛錢」變成「不，我最愛錢」，原來說出那些政治承諾的人，全是謊言。

你走在路上，路燈突然長出了六隻腳，窸窣爬動，讓你的影子飄來盪去。你說「別動」，路燈就乖乖安靜了。如果路燈和電線桿談戀愛，燈就變成粉紅色；如果你平常生氣踹電線桿，路燈對你不高興時，路燈會一閃一閃捉弄你，讓你看不清楚，一腳踩到水溝裡。

你去賣場買東西，手忙腳亂的結帳員偷偷從背後伸出了兩條觸手，偷偷在結帳。如果有人買章魚，結帳員看了，心底會有點生氣，會讓你多付一百元。

你在路上走一走，有人抽菸之後亂丟菸蒂，菸蒂瞬間長出白色翅膀，說著「好燙好燙啊」，隨即啪啪飛起，飛到垃圾桶裡，躲進去找個牆壁熄滅自己的屁股火光，原來那是某種菸蒂螢火蟲。

或許聰明的你已經發現，如此的情節已是超現實，像動畫、某些實驗影片似的畫面。若你喜歡創作兒童故事，這絕對是一個好方法。做這個練習時，盡可能將僵固的理性拿開，彷若瘋狂一樣的思考，最後，也許你會得到許多超乎自己想像的題材。雖然這些題材不一定可以馬上採用，也不一定是寫實影片可用，但這樣練習多了，可以讓你：「看到些什麼，就馬上想到些什麼。」

或許，某些特殊的創意，甚至是獨特的發明專利，就可創造而生。當然，一開始進行這件事情，不太容易解開想像力時，請先試著給予眼前所見的物品一些「變數」。

1.擬人化

所有物體都長出手腳，成為一個角色。畢竟所有的故事都是人類所寫下，必然要有人類的邏輯。如果不長出手腳，就讓他對你說話吧。若這樣還不易聯想，就拿支奇異筆，在該物體上畫上眼睛再來想像，或是貼上個簡單的玩具眼睛，想像它有著生命、正盯著你……大部分的動畫片，都是此邏輯呢！

2.改換材質

所有物體的材質產生變化，變成另外一種物質，例如，硬的變成軟的，軟的變成硬的。

3.改變物理化學

重力加速度改變，化學特質改變，地心引力改變，會讓該物體和人變得如何呢？

4.使用方式、行爲翻轉

你的汽車正在駕駛著你，一隻烏龜以光速前進。你的錢把你付了出去，把泡麵買回家去。

紙筆練習時間

　　當你有這些超過原本邏輯的經驗後，你看見萬物時都能想像些什麼。讓我們來進行一個小練習，你坐在原地看這本書時，抬頭一看，眼前的事物突然產生了變化，那又會是怎樣的變化呢？請盡可能地想像，就當自己已經短暫地瘋狂了，也享受這個短暫的瘋狂吧！

_____

_____

_____

_____

_____

_____

_____

_____

_____

_____

_____

_____

_____

_____

_____

_____

_____

變數：丟入巨石

想像一下，一個故事就是一個平靜的湖面，水面原本無波，丟下一顆小石頭後出現一些漣漪，隨著時間散去，漣漪也消失無蹤。其實，這就是一部影片通常的故事形式，當漣漪散去，故事走向終點。

所以當你想到一個故事，突然不知道怎麼繼續下去，像灘死水，讓你陷入了困境，於是將故事擺放在抽屜深處數年，不知該如何下去時，你可以直接思考，或許是你製造出的事件漣漪很小、很弱，無法有效達到讓觀眾情緒起伏變動，產生情節的意義。二話不說，來思考看看「極大化」吧。

讓我們試著將事件的尺度放大、誇張化、荒謬化，變得難以預料。

想像，你攤在床上不知道要幹什麼的一日，突然一隻老鷹飛入了房間的窗戶內，還送給你兩隻老鼠。

想像，每天上課下課的路上，突然出現了一輛坦克車，砲管上面站著一隻豬。

想像，平靜的一天，美麗的湖面上，萬事皆無，水面無波，突然間，一具屍體從天空被丟入水面，激起巨大的水花，屍體在水面上浮沉，一隻烏鴉飛下，停在屍體上。

想像，平靜的一天，美麗的湖面，萬事皆無，水面無波，突然間落下一顆巨大隕石，火紅的光亮照亮天空，一墜落下來，許多湖水被熱氣給蒸發，住在湖邊的家人開始逃亡。

你可以理解，尋常的一日，肯德基裡面突然跑進一個打扮成麥當勞叔叔的搶匪，他手上有兩把槍，一把是水槍，一把是真槍，他會對你開哪一把槍呢？你會不會想著：「可惡，反正我正在失戀，對世界感到絕望，希望對我開的是真槍。」

你可以理解，一條路上只有水牛的臺灣鄉間小田路，緩緩開來一輛電子花車，跳脫衣鋼管的女郎竟然是隻黑猩猩，隨後黑猩猩脫下了黑猩

猩衣服，原來她是我阿嬤。

你可以理解，你讀的高中空盪盪的教室，安靜無聲，突然門開了，踉蹌跌入了兩個穿著校服、正在擁吻的人，仔細一看，那兩個人是白髮的阿公阿嬤，一個曾是學校校長，一個曾是學校工友。

你可以理解，你看著平靜的臺灣普通公園的水面，突然冒出氣泡，氣泡愈來愈大，你好奇地一看，一隻鱷魚跳出來，開口尖牙利齒，原來鱷魚咬著水邊的狗，當眾人驚呼的時候，突然間，又出現一隻恐龍咬住鱷魚，將鱷魚拖入水中，水面留下許多氣泡。（看到這情景，你會先喊有鱷魚、有恐龍、還是有狗？）

光是如此的描述，就能讓觀眾知道，有一件事「就要發生了」。當然，這件事情發生了，如何能夠持續吸引人注意，就要看作者如何接續著劇情發生。但是，你已經在可能平淡的劇情中，丟下了一顆巨石。

若你的故事無法有效推進時，你可以試著在故事中挑選一個角色、場景、道具，讓它「極大化」，產生推進戲劇的動力。請試著填寫以下的空格：

1. 你的角色有著最_____的_____，他使用這個_____去_____。
2. 你的故事場景有著誇張的_____，引起世界關注。
3. 你的戲劇道具是世界上最_____的_____，引起世界關注。
4. 你的角色遇到了超奇怪的_____，他竟然對主角_____！

當然，這是對於初學者所用的發想方式，等你習慣了之後，便不需要使用這麼強悍的方法，也能設想出許多故事了。

變數：美就是危險

筆者多年前在太魯閣國家公園待過一段時間。太魯閣是個美麗的地方，但在太魯閣中，凡是風景愈美的地方，幾乎都是危險之地——斷崖、山壁、容易落石坍方、墜谷或是淹死，而多成為封鎖中斷的地方。然而這些地方的「美」，卻會讓人不斷趨近危險，想要一探究竟，盡收

眼底。

　　或許這是一個人類奇妙的情懷，大河、火山、奔跑的獅子，足以讓人震撼的地方，不管是壯麗遼闊或是氤氳縹緲，其實都相當致命。

　　危險的事情，帶來了美感；而危險的事件，通常走在合法邊緣，或有著道德爭議，或直接就是非法的事情。而危險，便是最直接的戲劇勾子，就連小孩喜愛的遊戲盪鞦韆、溜滑梯、翹翹板，全都是帶著危險因子的遊戲器材，只是這是「有限度的危險」。

　　我們在戲劇之中，便是提供這種「有限度的危險」，讓觀眾／讀者在十分安全的狀態下，享受一些「平安的危險」。

　　讓我們看以下這張簡單的示意圖：

一個杯子放在桌緣，只要輕微搖晃掉落，就會摔得碎裂滿地。這一個畫面，足以讓人想到並擔憂之後會發生的事情——摔碎之後，誰會踩到啊？如果有個碎片掉到掃不到的角落怎麼辦，踩到後一定很慘，會流很多血吧？

同樣的，有一個事物，類同於杯子，只要輕輕一碰，就會摔落打破，而且已經搖搖欲墜，你在一旁看著，開口就要喊出：

「來不及了！」

「就要被發現了！」

「就要發生了！」

「完了！」

「糟糕了！」

讓我們設想同樣的狀況，在生活中也有著非常多類似的狀況：

· 一臺嬰兒車兀自放在斜坡路邊，不管裡面有沒有嬰兒，嬰兒車正往下滑行……

· 騎腳踏車的阿嬤闖過紅燈，兩秒後，或許……

· 一個擺放在三樓窗檯的盆栽掉落，這是一個人潮來去的觀光街道，或許……

· 一個跳電，商店裡面全黑，接下來可能有大事情會發生，或許……

· 老家的地下室，有一扇怎麼都打不開的門，你打開門後，會有什麼……

· 你看著股票分析圖，即將股市崩盤，你的存款將全數消失的前一分鐘……

· 有一個連續犯罪者在主角家附近犯罪，那麼，下一個受害者該不會是……

有一件事情就要發生了，而這件事情或許超出我們所想像。這些條件會讓人預期「將發生什麼事情」，而這件事情所帶來的變化，非同小可。

紙筆練習時間

　　現在，想像一條你每天經過的街道，你每天上班下班，從未注意過的布告欄上突然貼出一張公告：「最近社區發生不明人士連續以針頭刺傷人之事件，請居民多加注意。」

　　請你開始書寫看看，故事中的「你」會出現什麼想法？有什麼反應？怎麼面對？

_____

_____

_____

_____

_____

_____

_____

_____

_____

_____

_____

_____

_____

_____

_____

_____

變數：來做一些無傷大雅的胡鬧事吧！

在不傷害自己和他人的狀態下，來做一些有趣的事。就像求學時、年輕時的胡鬧，都能在未來不斷回想討論。網路搞笑資料提供了幾個很好的範例，筆者也提供了幾則，說不定你已經做過一些了，也能因此想出一些什麼。

· 你是個老師，設計的期末考卷的答案全部都是C，只有一個答案是D。

· 戴24小時的假鬍子，去學校上課，和男友（女友）見面。

· 叫醒上課睡覺半夢半醒的同學，對他說：「現在還在作夢，一切都不是真的。」

· 穿著爸媽的老衣服，跑進超市問路人：「今年是哪一年？」等到路人回答，便興奮地跑出去大喊：「太好了，我成功了，我成功了！」

· 教一隻鸚鵡學會這句話：「救命啊，是誰把我變成鸚鵡了！」

· 騎著國王的摩托車，去買麥當勞得來速。

· 把兩隻腳穿在同一個褲腳裡面去上課。

· 和同班同學約好，上課時左邊同學穿亮藍色，右邊穿亮黃色，迷惑老師的眼睛。

· 到麥當勞叔叔面前單膝跪下，接著拿一束花向麥當勞叔叔求婚。（麥當勞叔叔是你朋友假扮的，在眾人面前，突然伸出手接受了你的花束。）

· 全班上課，明明全是男生，卻都穿上護士服。

· 在電梯內用氣球製造屁聲。

你可以想一想，你做過哪些無傷大雅的胡鬧。其實這件事情非常需要創意，而當你想出來之後，試著做看看，說不定，你就可以寫進你的故事裡了，這會是極棒的情節，獨一無二。

　　請試著設計一件無傷大雅的胡鬧事，並試著實踐它，看看會發生什麼事吧！

_____

_____

_____

_____

_____

_____

_____

_____

_____

_____

_____

_____

_____

_____

_____

_____

變數：不斷反轉的練習

「反轉練習」是一件很有趣的事，隨時可以進行，而且在戲劇中反轉非常常見、有效。練習看看不斷反轉吧！

例：想像，你收到男友一個極精美的禮物盒，你以為是名牌皮包，打開一看，竟然是國產廉價手機盒。你嘟著嘴打開手機盒，發現裡面不是手機，而是鑽石盒子，你以為男友要求婚，高興打開一看，裡面是金幣巧克力。你氣得要死，但是男友說，別走，打開金幣巧克力，裡面有一張印著婚戒店LOGO的紙張，你興奮地打開紙張，上面寫著＿＿＿＿＿＿＿。

例：想像，有天你去相親時，坐定後發現對面的女子非常漂亮，根本就是林志玲現身。她靦腆地笑了，笑起來竟然有顆黑門牙，讓你倒抽一口氣。沒想到她將黑牙拿掉，原來那是海苔啦，她在和你搞笑。你笑了，並且對她有好感，場面突然放鬆，不再尷尬侷促。沒想到她突然起身，換隔壁的人坐下來，原來她坐錯位置。此時，你的對面來了一個不擅打扮的普通女子，你心灰意冷之際，女子感慨地說，原來這全是「林志玲」對你的考驗。「林志玲」感傷地奔跑出去，你趕緊追出去道歉，沒想到＿＿＿＿＿＿＿。

總之，你可以製造條件，產生期待，但是期待出現後，再度期待落空，再落空。享受「被故事甩巴掌」的樂趣，那是一種意識上的娛樂。此時，你的心中以及你的角色的潛臺詞可能是：「原來如此啊，啊不是不是，是這樣嗎？又不是。啊要怎樣？喔喔，原來如此。又不是，天啊，結局到底如何？好煩，到底要怎樣啊？」

你可以開始看著眼前的人事物，練習不斷的反轉。不過，就算是一個過程曲折離奇、結尾出乎意料的故事，也不代表一定是一個好故事。但是在這個練習中，你可以不斷去思考——這樣有趣嗎？這樣可以嗎？（當你習慣這不斷反轉的發想訓練之後，相信用來思考該如何求婚時，會有源源不絕的靈感。）

　　你可以坐在通勤車上、在無聊的會議中，開始對眼前每個人想像反轉。請拿起紙筆練習看看吧！

_____

_____

_____

_____

_____

_____

_____

_____

_____

_____

_____

_____

_____

_____

_____

_____

_____

_____

_____

_____

變數：更換角度看電影

開始寫作後，你勢必會看許多電影、電視，並成爲習慣。

現在開始，提起筆，不是寫心得，那不是創作者要做的事情，也不是寫網誌、寫影評，而是做一件相當特別的事情——那就是，請把配角拉正，變成主角，開始用他／她的觀點，重新解釋一遍這個故事。

當然，或許不只是配角，而是一個更奇特的角色，一個不起眼的角色，甚至只是場景裡的一張桌子、一盞路燈、主角使用的筆、一輛汽車。

讓我們做些練習，以2008年的國片《海角七號》爲例，本片以郵差阿嘉作爲男主角，開始了從臺北回到恆春之後的一段故事。

現在，拿起紙筆開始試著書寫，你可以茂伯作爲主角，重新詮釋這個故事。

你可以換用來自日本的女主角作爲主角，重新詮釋這個故事。

你可以用馬拉桑爲主角，重新詮釋這個故事嗎？

這個練習相當重要的是，有時候你所想出的故事並不是不好，只要觀點改變一下，你的故事將會變化出新的樣貌，或許可以大大升級，完全變成另外一個故事。

想想看，你可以寫出一篇比原著更加精采的情節、角度、橋段嗎？

其實，盛行的「同人」，就是類似的做法。在經過數次更換觀點的練習之後，相信這對於你看劇本，以及認識故事的方式、書寫的角度，都會有非常迅速且正面的思考。

　　請試著挑選一部你最愛的電影，作為你的角色轉換練習，能讓故事變得更有趣或更深刻嗎？

_____

_____

_____

_____

_____

_____

_____

_____

_____

_____

_____

_____

_____

_____

_____

_____

_____

_____

_____

_____

_____

_____

_____

變數：先寫得獎感言

　　這是一件聽來有些荒謬卻也有效的事，在書寫故事或大綱之前，你可以打開一個文字檔案，開始像寫得獎感言一般，書寫一個「為什麼我要寫這篇故事／劇本」的得獎感言。

　　寫得獎感言會讓人血脈賁張，想像自己站在舞臺上，鎂光燈閃鑠，聚光燈照得你看不清楚舞臺下方的觀眾，但眾多觀眾看著你，許多媒體盯著你，你最愛的家人、朋友、愛人在底下的座位或在電視機前看著你。你深呼吸一口氣，從西裝胸口口袋或是藏在套裝的某處，拿出了一張折好的紙張，你緩緩把紙張打開，開始對著鏡頭訴說自己為什麼要創作這個故事。

　　這是一件奇妙的事，寫著寫著，除了謝天謝地謝父母之外，你會開始思考自己為什麼要書寫這個故事，有什麼特色可以說出來，讓別人留下深刻的印象。

　　當然，如果你連自己為何要寫這篇故事都不知道，想必讀者也不太清楚你到底要幹嘛。如果你連感言都寫不出來，那麼就必須好好思考一下，你為什麼要寫這篇故事。

紙筆練習時間

　　以下請以你想寫的一篇故事，寫下你的得獎感言。說不定有朝一日，你就會用到這篇感言了。

_____

_____

_____

_____

_____

_____

_____

_____

_____

_____

_____

_____

_____

_____

_____

_____

_____

_____

_____

變數：更奇特的一些創意方法

其實，以下這些動腦方法，多是關於預防老年癡呆的方法，說明白點，也就是加強動腦，增強腦力。除了打麻將、下圍棋需要另一個對象之外，還有許多自己一個人就能夠簡單執行的方法，你每天都可做。當你的體驗愈豐富，創作的素材也就愈豐富，可能性也就大大增加了。

1.學習一種完全不認識的語言

若你對寫作有興趣，除了日語、美語、韓語之外，身在臺灣，東南亞語是學習陌生語言的好選擇。再過數年，當許多的東南亞籍第二代長大到足以拍片時，或許大家才會驚訝，原來這早已成為了臺灣文化的一部分。

2.去圖書館看從來都不會看的書

讀書所需要的手眼協調和腦部的運作，已經有眾多研究證明，在此無須多說。閱讀一本自己完全未知的書刊，更可刺激大腦。其實不需要真的看得很懂，光是不同領域的刺激就非常大。

文科出身的你，可以看理科的刊物；理科出生的你，可以看文學史的變化。距離自己愈遠愈好的雜書，往往會讓你發想出許多創意。你可以看如何偵辦刑案的書，可以看軍武、科技、軟體如何編撰的書。那些我們往往以為用不上的知識，在戲劇上都有些價值。

記住，與自己的喜好距離愈遠，愈是要拿起來閱讀看看。甚至，你可以和朋友們進行「盲目換書」的活動。（這件事聽起來似乎就可以寫一個劇本了。）

3.學習一種陌生的樂器

若你從未有過學習樂器的經驗，你可以試著接觸吉他與鋼琴。學習接觸基本樂理，樂器同時需要手、眼互動協調，會給予我們許多刺激。

可惜在臺灣不容易學習到「阿爾卑斯號」，請搜尋這是多特別的樂器；如果你去學習嗩吶，可能「哏」會無止境地隨著嗩吶的樂音而噴出。

4.搭你平常完全不會搭的公車再轉車回家，提早下車去你完全沒去過的車站外面晃晃，去家裡附近你從未去過的路線跑步

請在一個禮拜之中挑選一天，特別去做這件事情。未知的景色對於大腦的刺激很大，何況有時若遇到塞車，與其停在原地哪裡也去不了，不如去陌生地點走一圈。你大部分時候只是慢些回家看電視罷了，去外面晃晃得到的大腦刺激，相對於晚回家的時間，其實十分划算。

5.開始聽從未聽過的歌曲

完全未知的歌曲可以讓大腦產生很大的刺激，你可以一邊聽，一邊晃去從未去過的地點。沒有歌詞或聽不懂歌詞的更好，其實在戲劇課程的發想練習時，常會使用這樣的歌曲激發想像力。記得有一次，表演老師播放了一首爪哇的民謠給演員聽，當然沒有人聽得懂歌詞在唱些什麼，但大家卻由此發想出好幾個關於叢林的神祕故事。

6.在合法的範圍內、不影響身心的狀態下，把能做的事情做一遍

你能做的有趣事情太多太多了，你可以去從未去過的公園、攀岩、登山、長跑、出國、打工、練瑜伽、把便利商店的飲料全喝過一遍、把蛋糕店的蛋糕全吃過一回、走遍附近縣市的步道、認識一百種昆蟲、兩百種植物、三百個陌生人。

你還可以認識全臺灣的哺乳類、夜間觀察蛇與青蛙、追蹤一隻廚房「喇牙」（蜘蛛）怎麼抓蟑螂、和陌生人談相對論與愛情的關聯、學習化活屍妝的技巧、學習如何把扯鈴拋到五樓、學習和公園土風舞阿嬤一起跳舞……，真的有太多太多你能做的事情了。你不需要成為某種事物的專家，只要體驗過一兩回即可。只要你開心，儘量去做這件事情，

你會發現，有時候光是站在陌生地點，大腦便有源源不絕的靈感湧現而出，攔也攔不住。

以上的內容，是不是和電影《沒問題先生》（Yes Man，2008年美國喜劇片，男主角是金凱瑞）有異曲同工之妙。接受許多未知，可以製造許多刺激。說不定你本身就會創造出許多故事，而這些故事獨一無二，具有0.001%的特殊性。

相對的，同樣的時間，若只是坐在客廳看電視，想說待會兒再去書房寫字、看書，摸著良心說，人的惰性強大，你只會想打盹和打混而已啊！

　　以下請立定一個小小的計畫，去做些奇特、陌生的事。請注意，做這些事情時，請以成本趨近於0元為思考，當成本愈小，反而會出現更好的創意。

_____

_____

_____

_____

_____

_____

_____

_____

_____

_____

_____

_____

_____

_____

_____

_____

_____

_____

變數：我怎麼想都想不出任何創意啦！

「可是，我真的什麼都想不出來啊！」

好吧，如果真的沒有什麼特別的想法，怎樣都想不到故事，那麼或許可以換個想法，回想到自己最記憶深刻的事情，從自己身上找到可能可以寫作的題材。

1.活到現在，最讓你感動的一件事情是什麼？

該不會都沒有過吧？曾讓你感動到大哭的事情是什麼？如果都沒有，你真的這麼鐵石心腸？

2.活到現在，生病最嚴重的那一次，或最接近死亡的事情是什麼？

好吧，若沒有過，也是幸福的。人總有旦夕禍福，沒生過重病是幸福的。

3.最令你驕傲的一件事或一個小成就是什麼？

該不會都沒有過吧？至少有得過「好寶寶」貼紙吧？

4.暗戀的對象是誰？

該不會也沒有暗戀的對象？讓自己怦然心動的對象，會讓自己腦袋充滿各種想像！

5.養過的寵物怎麼了？

養過的寵物因為壽命因素，通常都走向悲劇。你有養過嗎？一定會讓你留下極深刻的回憶吧！

如果以上這些事你都沒有過，說不出些什麼故事，那麼，看來你的人生也是極稀有獨特，趕緊把自己的人生寫下來，說不定就是一段特別的故事啊！

紙筆練習時間

　　請將以上的問題，各自回答一次，說不定你就能找到一個極佳的題材，且是專屬於你的深刻題材。

_____

_____

_____

_____

_____

_____

_____

_____

_____

_____

_____

_____

_____

_____

_____

_____

_____

_____

收操

通常當你寫作完畢、但又不是完稿時，勢必沒有完稿的暢快，而是不斷想著接下來該寫什麼？這會讓你感到焦慮，請務必收操一次。請儘量在寫作後運動，解除創作的心理壓力。

適量的游泳、跑步、騎腳踏車等等有氧運動，或是對於舒緩有益的瑜伽，或是跟朋友打打籃球、溜溜滑板，都對於腦功能有明確的幫助。創作本身是一件極運用腦力之事，所以你應該培養運動習慣。如果都無法進行這些活動，請試著最簡單的散步。

當你進行書寫到達一個階段時，安排一個有氧運動來協助思考，也幫助自己放鬆。科學研究指出，從事有氧運動時，氧氣攝取量增加，大腦血流加強，對大腦的刺激變多，增加神經元突觸，對於心智有顯著影響。

相對其他有氧運動，慢跑所需要的資源較少，所以筆者便選擇了慢跑作為運動方法，在一年半的練習中，從最初1.5km的長度，到多次完成半馬21公里的距離。若你能保持著持續性的有氧運動習慣，對於腦力需求的工作，效果將十分顯著。

文藝圈裡最有名的跑者，是眾所皆知的村上春樹，他藉由長跑鍛鍊自己有著對抗「創作毒素」的能力，由短距離而拉長距離的過程。劇本同樣也是和寫數萬字的小說一樣，都需要一定程度的耐力與耐性才能完成。若你是個初學者，可同時藉由運動來達到「持續性」的訓練。

更何況，你可以在運動中思考作品的問題與解法。這時候，若你瞭解了「認知抑制解除」，瞭解「美就是危險」，瞭解「路人觀察」，那麼，眼前許多事物都能成為你聯想的錨點，你會在運動的愉悅之中，得到更多題材（眼前的事物會成為你的潛意識運算）。

紙筆練習時間

　　請在此頁進行一個計畫。你現在的作品遇到關卡了嗎？如果是的話，請在這頁寫下你遇到作品卡關的何種問題，詳細寫下來之後，去進行有氧運動半小時，你可以試看看，能因此想出解答嗎？

_____

_____

_____

_____

_____

_____

_____

_____

_____

_____

_____

_____

_____

_____

_____

_____

_____

_____

做完了以上「落落長」的創意訓練之後，是不是已經發現，其實許多都是生活上能做到的事情。而且事實上，這不只是對創作有幫助，或許，這對人生的「選擇」也很有幫助。試想，當你在面對人生抉擇時，何者選擇較為正確，這對應著你的性格、你所受的教育與學經歷，但無論如何，此時此刻的你可以試著想想看——以後的我會如何想？

　　你可以不斷思索：「我的人生到底是不是一個好故事？」

　　或許，成為能書寫「劇本」的人，瞭解人生在世百年內也僅留故事後，便會逐步學習檢討自己的「人生劇本」吧！

Chapter
8

無中生有：紙牌遊戲

撰稿：張英珉

首先，我們都知曉，既然影視劇本是「戲劇的文字化」狀態，而戲劇就像一個「模擬世界」，所以瞭解世界大略的組成模式，就能在這個大略組成模式中產生無限多的變數。

請記得，好的故事，基本上就是不斷有效地在一個限定的時間範圍內，利用人類的各種邏輯、事件、角色（各種人類世界的參數），排列組合，有效地挑動人類的各種情緒。既然戲劇就是在摹寫各種人生，因此對於初學者來說，我們可以把人世間的大部分參數先列出，作為參考的「變數」。

接著，建議初學者們可以試著影印或用電腦列印製作，最後剪成撲克牌大小的硬紙片，以不同顏色作為區別。這些紙片就是協助發想的工具，如果想情節卡住時，可以採用隨機抽牌法，跳脫既定思考的控制。

（如果覺得列印很麻煩，你還有一個方法，去買普通的撲克牌，用麥克筆寫這些劇情參數上去吧。）

當然，採用這個創意方法，雖然是在刺激創意，但同時間就是限制思考在固定範圍內，所以當你的腦中已經建構好一個「世界參數」時，這些紙牌便是多餘的。但對於初學者的你，如果還沒建立好可隨時「建構世界」的能力之前，這是一個很好的提示方法。

想不出來的時候，就抽牌來和故事決鬥吧！

性格參數

※他啊，真是一個_____的人！

務實	勇敢	沉著	溫柔	誠實	謙遜	霸道
剛強	負責	義氣	熱情	大方	豪放	好色
狡猾	怯弱	魯莽	殘忍	奸詐	小氣	冷漠
猜疑	無情	孤僻	貪心	易怒	冷淡	熱血
瘋癲	無聊	搬弄是非	巧言令色	不切實際	鬼靈精怪	小心眼

職業參數

※我聽說他的職業是＿＿＿＿＿＿＿！

（職業實在太多了，甚至也有新創造出來的職業，所以此數列不多，讀者可以自己多設計。）

學生	老師	農夫	軍人	警察	無業	消防員
公務員	工人	銀行員	礦工	收水肥	街友	水電工
政府官員	殯葬業者	性工作者	宗教人員	商人	收銀人員	開計程車
醫生	護士	教官	空服員	飛機駕駛	演員	導演
律師	建築師	工程師	舞者	記者	主播	廣告人員
教練	棒球選手	談判專家	傭兵	設計師	畫家	魔術師

人際參數

※沒想到，這個人是男女主角的＿＿＿＿＿＿＿。

血親	家族	遠親	鄰居	網友	筆友	結婚對象
愛人	曖昧	一夜情	性伴侶	同居	分居	相親對象
朋友	室友	同學	學長／弟	學姐／妹	老師	學生
同事	長官	屬下	同袍	死黨	閨蜜	牌咖
電玩盟友	主治醫生	健身教練	器官捐贈者	恩人	仇人	陌生人

天氣參數

※發生事情那天的天氣是_____。

陰天	晴天	雨天	豪雨	毛毛雨	暴風雨	雨霧
龍捲風	焚風	炙日	沙塵暴	冰雹	薄霧	下雪

類型片參數

在過去的歷史上，許多影視、故事的簡略分類方法，一併可製作成卡片，與世界參數列在一起。

※所以，這是一部_____片。

劇情片	推理片	紀錄片	喜劇片
動畫片	政治片	奇幻片	傳記片
懸疑片	文藝片	歷史片	犯罪片
驚悚片	運動片	歌舞片	恐怖片
戰爭片	科幻片	偵探片	武俠片

前人分類的戲劇模式參數

二十世紀初期，法國戲劇家喬治・普羅第（Georges Polti）將戲劇分類成36種模式，這分類就算到了二十一世紀的現在，對於寫作者仍相當的實用。

※這部片的內容說的是_____。

脫罪伸冤	援救他者	復仇	骨肉手足的恩怨
逃離追捕	天災人禍	各種不幸	通姦者犯罪殺害
革命	壯舉	取求情、物	魯莽而失去情、物
解謎	綁架	爲愛情的障礙而奮鬥	爲了情愛不顧一切
失其所愛	愛上敵族	戀愛中的犯罪	不倫愛情、通姦
勢力鬥爭	與神紛爭	英雄捨身奉獻	爲了骨肉而犧牲自己
錯誤的判斷	悔恨罪行	因爲愛情而犯罪	發現愛人的罪行
骨肉重逢	親族之恨	因爲錯誤而生的忌妒	無意中傷害親族骨肉
野心求物	親族之爭	犧牲所愛的人（兩難）	因瘋狂而傷害他人

古典中文裡的戲劇參數

　　對於中文系統長大的我們來說，其實在過往知道的許多古典成語本身便非常有戲劇化效果，看來也十分親切，一看到這些成語就知道有個故事模式，或許這些成語，也能讓你直接就聯想到什麼樣的劇情模式，或是自己想出的題材能成爲一個什麼基礎型的故事，這些也能做成「劇情參數」的卡片，請多多閱讀這些濃縮故事而成的成語吧！

　　※這時候，竟然發生了＿＿＿＿＿＿的情節。

破鏡重圓	指鹿爲馬	人面桃花	邪不勝正	煮豆燃萁	命懸一線	驚弓之鳥
金蟬脫殼	瞞天大謊	巧取豪奪	狡兔三窟	破釜沉舟	一鳴驚人	春風化雨
孤注一擲	黃雀在後	鳥盡弓藏	虛與委蛇	樂極生悲	慘絕人寰	如履薄冰

三十六計戲劇參數

　　古典的三十六計是古人所編撰，內容也多是成語，是非常明確的「故事」模式，想必你一定從許多影視、小說中，看過類似的橋段，每

一計都能達到人性與事件的糾纏、糾葛與糾結，相信在中文系統長大的你，一定多少瞭解這些內容。

　　※到了這裡，男主角竟選擇＿＿＿＿＿＿去面對。

瞞天過海	圍魏救趙	借刀殺人	以逸待勞	趁火打劫	聲東擊西
無中生有	暗渡陳倉	隔岸觀火	笑裡藏刀	李代桃僵	順手牽羊
打草驚蛇	借屍還魂	調虎離山	欲擒故縱	拋磚引玉	擒賊擒王
釜底抽薪	混水摸魚	金蟬脫殼	關門捉賊	遠交近攻	假途伐虢
偷梁換柱	指桑罵槐	半痴不顛	上樓抽梯	虛張聲勢	反客為主
美人計	空城計	反間計	苦肉計	連環計	走為上策

一些近代才出現的參數

　　讓我們來認識一些來自國外文化的戲劇名詞。
　　※這部片有著＿＿＿＿＿＿的情節。

黑天鵝理論	冰山理論	莫非定律	羅生門
紫牛效應	骨牌效應	麥高芬	蝴蝶效應

1.黑天鵝理論（Black Swan Theory）

　　在發現澳洲之前，歐洲人認為沒有黑色的天鵝，而將「黑色天鵝」等同於「沒有這回事」的意思。直到發現澳洲之後，才發現過往的思考是錯誤的，黑天鵝真實存在於世界上。

　　在劇本中，指的是一個事情被認為機率極度低，被認為不存在、不可能發生的事，而它卻真實發生了，且足以改變一切。

　　對應真實世界，比如富士山火山爆發、大屯火山爆發、你被外星人

抓走、一萬輛車連環連禍……都是如此。

2.冰山理論（Iceberg Theory）

相信許多人都理解這個詞，冰山因爲浮力因素，只露出一小部分，而水下還有更龐大的未知部分。因此通常在劇本中，冰山理論指的是大家都知道，但不說出來也能懂得的背景、情節。通常劇本都會設定出一個大背景，但這個背景不一定會寫入劇本的故事流線中。

3.莫非定律（Murphy's Law）

這是個相當流行的名詞，相信許多人都知道這是什麼，意指「會發生錯誤的，就一定會發生。」

儘管只有0.1%的機率，但它就是會發生，因爲它不是0%。你的角色出門沒帶衛生紙，就一定會拉肚子；出糧的時候，一定會遇到喜歡的對象；跟喜歡的人一起搭電梯時，一定會放屁；要耍帥就是會跌倒；喜歡的對象一定會被搶先告白。

這世界便是如此神奇。

4.羅生門（日文原文：らしょうもん）

由黑澤明的電影而來，原著：芥川龍之介，劇本：橋本忍（就是喜歡在山手線跟著陌生人描寫的那位編劇）。

羅生門的意思在臺灣相當流行，意義爲：故事中的角色各說各話，無法判斷其眞僞（事實的眞相）。

許多法庭戲勢必是「羅生門」的狀態，畢竟資訊不全，或有人刻意說謊，或是一事物有多面，每個人各看到自己認爲正確的一面，都有可能會造成戲劇上的「羅生門」效果。

5.麥高芬（MacGuffin）

這三字為MacGuffin外文音譯，也可以翻譯成「麥加芬母題」，是一個電影用語，意義為：串起故事的核心目標，可以是「物品」或是一個「人物」，藉以帶動劇情的發展。

麥高芬可以現身，或是始終不現身，成為影片流線時間中被不斷追索的人、事、物。例如，《臥虎藏龍》中的青冥劍，就是很標準的「麥高芬」，所有事件因青冥劍被偷而生。

6.蝴蝶效應（The Butterfly Effect）

相信這在臺灣也是眾所皆知的名詞：一隻蝴蝶拍翅，會在遠方引起大風暴。

對應在戲劇上，一個小小的事件，可能產生巨大的變化。讓我們舉個略微誇張的例子：尋常的高速公路上，一輛轎車上的男女討論著該去哪裡吃飯，因為吵架分了神，駕駛被超車車輛嚇到突然煞車，引起的塞車「波段」在後方數公里處引起一陣大塞車，這大塞車影響了一輛運送移植心臟的救護車發生車禍而停下，原來這心臟是給某個小國的國家領導人使用，該領導人因為拖延移植而死亡，副領導人扶正之後，大舉殺害國內的反對分子，其中一位被追捕的人是美國特務，他為了拯救一個女子而無意間引爆了一座水庫，水庫的水流沖到下游，淹死數十萬人，沒想到被水沖走的其中一人是太空計畫的決策人物，國際太空站因此……

7.紫牛效應（Purple Cow Effect）

這是一個廣告行銷用語，想像一個牧場上，全部的牛都是黑白色的，只有一隻牛是紫色的，你將無法不去注意這頭紫色的牛，原本的用義是產品的差異化行銷（differentiated marketing）。

對應在劇本上，就是一個極特別的人、極特別的事件，被放在常態之中，你無法不去注意。如果你有這種角色或事件，勢必會被人所注

意。

8.骨牌效應 （Domino Effect）

相信大家都知道骨牌，骨牌一推，效果大家都知道，會不斷地向前倒去，直到沒有骨牌可以倒為止（故事也就結束了）。

同樣的，你應用在你的故事上，和「蝴蝶效應」的由小漸大不同，你的故事中的事件，是否一推就倒（如一個就要打破流出的恐怖病毒），是否讓人思考到這一推，會產生連續的事件和危險。

如何使用這些卡片

1.強迫聯想

比如，你想要一組角色，你可以試著利用前面四個基本參數——性格、職業、人際、天氣。假設你抽出了「殘忍」、「魔術師」、「性伴侶」、「薄霧」，一個殘忍的魔術師，在薄霧的天氣裡，約了他的性伴侶去某個地方……，是否感覺到故事的主要事件已經隱然成形？你能繼續聯想、創造出怎樣的故事呢？

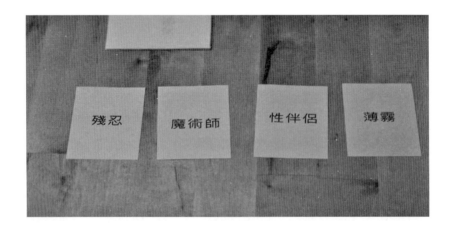

如果你想要進一步的劇情線索，你可以繼續抽出：類型「偵探片」、模式「復仇」、理論「蝴蝶效應」。一個因蝴蝶效應而起的復仇計畫，偵探要如何與殘忍的魔術師周旋，找出背後的真相……？

別再等了，快把你想到的寫下來，那就是屬於你的故事。

2.協助聯想

當以上的卡片都製作好之後，或許每當你的創意受限時，你就可以抽牌來想想看。比方，你的角色走到一個關卡過不去時，你抽牌，抽出一張「聲東擊西」。

好的，你可以開始聯想：

・你的角色要「聲東擊西」，因為＿＿＿＿＿＿？
・「聲東擊西」之後會＿＿＿＿＿＿，主角會＿＿＿＿＿＿？
・＿＿＿＿＿＿會被「聲東擊西」影響？

你可以以此作為發想，畢竟是抽出來的卡片，這不是你預料的。請記得，通常需要聯想時，你給予的條件愈遠，愈能激發你去思索出好的解決方法。

抽牌，亂數，是一個好方法，在初學的階段，可以加以善用。當然，你的故事說不定還在這些類型、這些成語、參數之外，畢竟「故事」永遠都在創造中，只要人類存在，永遠都會有新的故事不斷出現。

或許會有很多人說，你組合出來，翻出一個在自己的邏輯之外的故事，感覺實在很彆扭。但我們必須瞭解，矛盾的是這世界上的創新，多半初始會讓人有些錯愕、不適或是不解。像第一代的汽車剛出現時，騎馬的人便對汽車嗤之以鼻。

想像一下，有沒有可能出現「文藝奇幻溫馨穿越驚悚鬼戰爭片」？也許聽來匪夷所思，在未曾出現且獲得肯定之前，許多人勢必會對這類型起疑，但這不代表這種類型不應存在，或許只是還沒被創造出來。這也是創意必然的稀少性，畢竟人類都是從經驗去判斷他人，一旦

超過經驗，便會產生排斥。

　　總之，你製作完了「世界參數」各種「劇情參數」之後，想像這些東西就是大富翁的機會與命運，當你的故事「走」到了一個界線的時候，試著抽出一張卡片聯想，也許這個機會就是故事的命運。當然，當你已經習慣了世界有個巨大參數的想法，並且習慣這個方法後，你便不需要卡片，你只要坐下來拿著紙筆思考，就能在腦中套用這套方法。

　　因為，你已能用大腦「模擬世界」。

Chapter
9

「哏」庫管理

撰稿：張英珉

當我們藉由大量的創意練習、發想、創造出屬於你的許多想法，這時候就要把這些想法蒐集整理起來。在此，我們簡略地用「哏」（雖然這國字的注音用ㄍㄣ，但我們口語常說ㄍㄥ）來說明。

「哏」是臺灣口語流行的說法，哏的根源是從相聲而來，可以用「idea」來解釋。在臺灣，我們常常說，這個很有「哏」，代表有意思、有創意、有笑點、有想法等等。如果這創意不好，我們會說這「沒哏」；如果很有創意，常會說「有哏」。當然，這只是個普遍的說法，你也可以有自己的說法，只要能與他人交流即可。

建議初學者，雖然心中有著強烈的慾念想寫劇本，但儘量不要最開始就直接寫一本數萬字的劇本，除非你是超級天才，否則通常直接寫萬字劇本的結果就是疲勞和落榜、不被採用。這對初學者的打擊太大，容易讓人沮喪憂愁。建議你先將題目放在心中「運算」，如金字塔地基一般累積「哏」，給自己「抽屜時間」，以此，您愈易篩選出最好的題材，以及愈適合自己書寫的題材。

畢竟，原本覺得自己真是個天才啊，竟然創作出一個「最好」的故事，可是當其他的「哏」進來時，你就會逐漸分出高下，原來自己認為的「最好」，其實只是「還好」罷了。

因此，當你逐漸地有數十個哏、數百個哏，直到數千個哏之後，你會發現，你的「哏庫」愈大，你的創作材料、故事深度、情節複雜度，都能得到有效的提升。你會發現你的思考面，和初始的自己有著極大的差別，此後，你會不斷地思索，會不會還有「更好」的哏。你可以從「還好」，走到「很好」，走到「更好」，這階段就靠你如何管理自己所發想、找尋得到的「哏」了。

隨時隨地記錄下你的創意

首先，必須優先提到，人的記憶力非常有限，你絕對不要想「我待會兒再記錄」、「我待會兒再寫」。在記錄創意的這件事情上，絕對不

能鬆懈，因爲過了一個街角，或是被人叫名字，電話突然響起、郵差叫你、野狗追你，洋芋片啵一聲打開包裝，喜歡的人LINE你叮咚一聲，或只是放了個屁，你都有可能會因此忘記你的「哏」。而且奇妙的是，你以爲你只是暫時忘了，最後會發現怎麼都想不起來，用盡各種聯想法都想不出來，「哏」被徹徹底底地遺忘在記憶的深淵之中，可能過十數年才會想起，或是終生忘記了。

所以，請你可以用手機寄簡訊給自己，你可以用手機上網，PO文在自己開設的私密社群中；你可以用手機軟體錄音下來，用手機的錄影功能能錄下影音。想方設法，每一個哏一旦被想出來，都有著極美麗、極強大的可能性，都絕對不能丟失，絕對不能被放棄，你必須在它被記錄下來後，才能徹底放心。

「哏庫」的檔案內容是如何？該怎麼做？

首先，「哏庫」的重要性和完成的檔案一樣重要，若你對於紙本的檔案控管有信心，也可以採用全紙本的方法。當然現在是電腦時代，建議你採用電腦來做這件事情。

爲了你的「哏」的保存，建議你開設一個雲端硬碟，盡可能將「哏」存在雲端硬碟中，命名爲「創意管理」或任何你覺得好的資料庫名稱。

以下圖示中的分類建議也並非唯一一種分類法，你可以採用各種可用的軟體和存檔方式，來進行「哏」的蒐集與整理。對初學者來說，採用自己方便好用的方法，你不需要勉強，採用自己覺得方便的方法最好。

在這個資料夾中，開始開設四個資料夾，準備將「哏」放入其中。

「哏」的內容可能只有一句話，一個新聞事件的簡略描述，一個想法或一個念頭，只需十數字記載，只需要一個小檔案紀錄提示自己即可。

所以，「哏」的檔案，建議採用txt單純文件檔，用簡單的電腦記事本來記載即可。好處是檔案較小，二是開啓較快。請儘量不採用文書軟體的格式，因爲存檔大上許多，且在未來又有可能有相容問題。

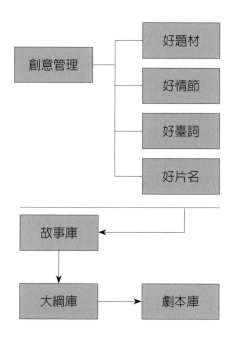

(一)好的題材

　　你從報紙上、生活中、走路時、運動中想到的各種好的題材，二話不說，全放在這個資料夾裡。一個主題可以讓人一看到，只有簡單幾十字描述，就能讓人彷彿看見接續下來的九十分鐘演出，可以讓人興奮不已。

　　比方：一個學生的媽媽發現校長是自己的初戀情人，當年就是師生戀。所以，媽媽偷穿女兒的制服混到學校去上學，和校長見面。

　　或許你會覺得，這些事情聽來有些奇特，但其實在美國實際發生過。和校長見面是「延伸的想法」，似乎又能發展些什麼，所以這是一

個奇特的題材。

　　比方：一個普通的大學生，尋常上課下課，突然有天，有人上門來，送上一個嬰兒。原來大一的時候，男生曾被一個開跑車的女子載走，最後在海邊發生一夜情，此後雙方不再見面。沒想到一年後，女生抱著嬰兒來認祖歸宗，一天之內，男大學生變成了爸爸。

　　比方：一個退休的警察突然間說，當初某件案件其實是冤案……

　　比方：一個人突然衝入直播的電視新聞大聲喊叫說，活屍病毒已經爆發了……

　　比方：一隻豬吞入了一個核能材料，變成超能力豬人……

　　事情聽來會有種「怎麼可能」，或是一看就知道可能將有「延伸性」，全可納為題材收到這個資料夾內。

(二)好的情節

　　一段有趣的戲，發生在客廳或路上，隔壁同學剛剛出的糗，凡是一小段事件，全放在這裡。

　　比方：你在嚴肅告白的時候有虎頭蜂來攪局。

　　比方：有人求婚，認錯背影認到了你，幫忙求婚的眾人都非常尷尬。

　　比方：明明在電梯裡放屁的人是你，竟然有別人搶著承認！

(三)好的對白

　　不管是好笑的有趣的、沉重的、令人低迴的，今天同學說了自己的笑話，全班笑出聲。爸媽和自己說了一段感動的話，你淚流滿面。不管有沒有對話對象，或是單純只是一句自己的格言，都放在這裡。讓我們來參考電影裡讓人久久不能忘懷的經典對白。

　　比方：留下來，或者我跟你走。（《海角七號》，導演：魏德聖）

比方：阿爸有講過，想哭的時候就倒立，這樣眼淚就不會流下來了。（《翻滾吧！阿信》，導演：林育賢）

好的對白其實不容易創造，若能想出時，或現實中直接出現時，請務必記錄下來。

(四)好的題目名稱

若你能想出一個澎湃、意味深長的片名，請記錄下來。

比方：《我在偷看你在不在偷看我在偷看你》，導演：吳米森。

比方：《那夜凌晨，我坐上了旺角開往大埔的紅VAN》，導演：陳果。

當然，這個資料夾的內容可能會較少，只是有時候，或許一個好的題目，就會讓你延伸出好的題材，而逐步變成一個好作品，所以也應儘量保留下來。

隨著你逐漸開始蒐集了各種哏，「哏庫」將愈來愈龐大。若保持習慣，歷經數年，這個「哏庫」裡面有可能就會有「數千」的檔案，這一點都不誇張。當你的想像力經過訓練打開之後，你可以無處不想到「哏」，當哏多了，就可以來進行哏的重組。

比方，你歷經一年，累積了二十個「驚悚」的txt檔案。這二十個txt檔案，可能有關聯，也可能沒有關聯。這時候，你開始進行創意連連看，能不能組合、破壞，用「世界參數」去組合、創造；用「劇情參數」去思考各種可能性。很快的，或許這二十個哏其中的五個、八個、十三個，能組合成一個極有趣的故事！

終於，這些「哏」經歷了許多時間後，其形象愈來愈清楚，就算是現在不可用，未來也許會派上用場。如果發現是不好的「哏」也留下，讓你知道什麼是不好（可以在檔名後方標註），要為何所用，要成為什麼題材，是否能想出些什麼，結構出什麼，身為作者的你，也隨著時間

而愈來愈清晰。

　　有時候也會在「哏」的階段發現，竟然被別人的故事先用掉了。好吧，至少你把哏保留，後面標註「有人用過」，這也是個很好的提示。你要想出和別人不一樣的，當你的資料庫愈來愈大後，你對於創作便會愈來愈有信心。

　　下圖是一個以「哏」組成故事的表，你有沒有蒐集而來的幾個哏，可能可以組織成唯一一個「故事」呢？填看看這內容吧。

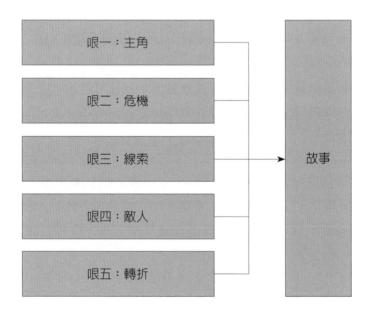

　　終於，你的「哏」資料庫建立完成後，你經過篩選出的「故事」也將一一出現。若以數量來思考，大略為以下金字塔圖。

寫成劇本

寫成大綱

寫成「故事」

節選「哏」

大量蒐集「哏」

　　自我篩遠的好處，最務實的是，因爲就算你有完成劇本的能耐，寫完了劇本，還是會在劇本階段，被他人在劇本徵選、投稿、競賽中大量篩選過一次。畢竟實務上能被拍出的劇本需要許多機運。如果你自己先進行過多次的篩選，眞實面對自己最想寫的題目，拿出自己最滿意的作品，經過數次練習之後，機會便大大增加，比起亂槍打鳥，更知道自己該如何改進，更知道自己能拿出什麼作品。

　　此外，就算是書寫「委託劇本」而非自己的原創，你也需要寫出許多有創意的臺詞、好的角色的情境、行爲抉擇。當許多角色超過了自己的生活經驗，你就愈需要創意發想、「哏」的累積，讓你能持續書寫下去。

Chapter

10

把「哏」進化成故事

撰稿：張英珉

你選出了幾個「哏」，組合了幾個「哏」，看起來好像大有可為，興致盎然地想要寫些什麼。

　　在「哏」的階段，還不建議給其他人看，畢竟有些符號只有自己能懂，延伸、想像，都無法從短文中看出。若是得到不正確的回饋，你可能會因此沮喪，或是將哏擺放不理。但是當哏逐步篩選，寫成一個短故事時，就可以與人交流分享了。小說化是一個很好的方法，畢竟大綱、劇本，實務上有人會看不懂。

　　「故事」的階段，開始有著傳播的功能，所以要儘量以小說化為書寫目標。

　　讓我們來進行幾個故事書寫的基本練習，對應之前的練習。這個故事我們定義只有「三百字左右」，為什麼？因為你需要大量的故事篩選，前面寫的故事可能會被放棄，擱置數年，或再度合成、抽哏離開，所以還不需要太多細節，只要足夠表達你的心思即可。

　　在你的「故事」中，你僅需寫出「主角」、「轉折」、「最大事件」即可。在這個階段，你可以使用成語，使用無法拍出的形容詞，只為了讓自己看得懂，方便有效即可。

　　讓我們來舉例曾入圍金鐘獎單元劇劇本獎的《喀噠大作戰》的短故事：

　　　颱風季一到，經營魚塭的阿寬爸爸就開始煩惱了。因為颱風帶來的雨量會造成水位上漲，讓阿寬爸爸的心血泡湯，這時家中的抽水機又紛紛壞去。看著父親憂愁的表情，讓阿寬也跟著煩惱無比，和他的好朋友四處想辦法，此時他發現了廟前面的「棒球九宮格大賽」，獎金剛好可以買抽水機。但是對棒球一竅不通的他不知道要怎麼練習，沒想到他們竟然遇到一位從職棒逃跑的大哥，他能教會阿寬他們，拿到冠軍獎金，解救阿寬家的危機嗎？……

給你的故事一個篩選標準

終於，在經歷漫長的時間、非常多的練習與書寫之後，你可能會寫出非常多的「故事」。累積一段時間之後，甚至會多到自己感覺不可思議，原來自己竟然這麼有創造性。接下來，你可以篩選出自己有興趣的故事，再來寫成較長較多細節的大綱。

那麼，該如何評選自己的故事呢？

本書提供幾個簡單的方法，同樣的，你可以有你的創作方法與評選標準。如果尚未有自己的標準，可以暫時參考這個標準去檢查。若自己寫了一個故事，發現不符合標準時，有可能讓它符合標準嗎？更改故事內容會更精采嗎？當然，只有身為作者的你會逐步發現，許多可能性會不斷地隨著書寫而增長。

(一)有沒有時代特殊性，是否在地化

一個創作者，不管怎麼繞圈，怎麼轉彎，吸收了什麼樣的養分，終究要回到自己所踩的那片土地上，探究自己的故事。「時代」和「在地」這兩個條件可以合併來判斷，每一個時代都有專屬於那個時代的符碼、文化、事件。無法搬移到國外演出的故事，或是搬移之後張力下降的故事，在地會有親切感，或是認知度較高。

這標準適用於從各地文化所誕生的創作者，畢竟，每個地域都有每個地域的故事，相對的，臺灣人若去講冰島、講格陵蘭、講阿魯巴共和國的故事，除非你在那裡留學，或有過特別又深刻的探索、研究，不然怎麼都無法說得比當地文化培養出來的作者深刻。

(二)角色特殊性

你的角色的行為，有奇特且牢不可破的邏輯，如《美麗人生》中的父親，他的行為極度特別，以極稀有的特殊角色觀點在推動故事。有了

一個吸引人、令人難忘的角色，基本上這個故事就成功了一半。

《進擊的鼓手》中的鐵血教練，幾乎把該年度所有的演技獎都拿走，演技表現可圈可點，讓人想忘也忘不掉，「留下記憶在他人的大腦中。」而留下無法抹滅的回憶，就是創作中最不容易達到的一件事。

如果你的角色特殊又稀有，只要符合這個條件，就容易生出故事細節。

(三)觀點極深刻，或題材極特殊

讓我們來探討一件事情，假設現在有兩個書寫對象：

A：歷經殘酷戰爭存活下來的人，一生曲折離奇的人。

B：在家裡的媽媽，一輩子照顧家人而見識窄小。

拍攝A的故事，勢必故事曲折離奇得令人有觀賞下去的動力。

拍攝B的故事，可能只是生活的堆疊，除非主角是什麼特別人物。

請問何者有以故事來記錄的價值？

其實，對於故事來說，以上兩者的價值相同，情節不一定要「衝擊」才讓人看得下去，有些好看的片子帶來的感受也不是衝擊，可能是溫馨或友情，或是淡淡的情愫，是編導在經營「代入感」這件事情上的成功，讓各種題材的故事都可以被讀懂、被體會、被感受。所以，這個「哏」可以被經營得「深刻」，也是評選標準。

你的故事題材、哏都沒有人用過，擁有0.01%的稀有度，又能經營得十分深刻，那麼，或許你可能是某種題材的開拓者。若能成功拍片，作品成績優秀的話，你便能在歷史上留下一個逗號。

(四)有濃厚暗喻，彷若寓言

寓言，是在故事的表象之外，同時間蘊含著另外一層的深意。你可能會看到一部喜劇片，卻包著重重的政治符號；一個奇幻故事，講的其

實是戰爭下的人性悲傷。

南韓的電影《駭人怪物》、《雪國列車》，一個暗喻著南韓的社會狀態，一個以列車暗喻著社會階級。《楚門的世界》，一個被關於小鎮的男人正被世界偷窺，暗喻著這世界上人們的偷窺慾望，以及人類對於「自我」的認識。

(五)形式超強

一個形式、結構很強的故事，如《記憶拼圖》藉由倒敘與插敘的剪接法，讓觀眾混淆真實；《王牌冤家》的故事中，故事逆走於主角的回憶之外，對觀眾來說，意義時間又順又逆，極度特殊；《全面啟動》故事裡，角色進入數層夢境中，讓觀眾搞不清楚到底自己在哪一層，出了戲院彼此討論，發現彼此看的好像不是同一部電影。

當然，形式超強的故事，或者有許多特殊藝術形式的故事，非導演本人創作，不一定有人能讀得懂。但如果你有這些特殊的想法，有極特別的稀有度，還是不要放棄寫下，可嘗試以圖表、附加解釋來說明。

以上的五個標準只是筆者的主觀判斷，並非是你的判斷。你可以參考，但最好有自己對於世界的看法。

也許有人的標準是：一定要談戀愛、一定要有激情戲、一定要夢想成真。如果是麥可貝則一定要爆炸，吳宇森一定要有鴿子……，這是各人對於故事美學的判斷。再強調一次，如果世界的規則單一，一切就顯得沒意思；如果花園裡只有一種花，看久了也會厭煩。

你將在學習的過程中，學會很多寫作技巧、創意方法，但請記住，所有技術都是在服務你的故事題材，只要故事題材優秀，其他的技術部分都有辦法再修正；故事題材若無趣，劇本會被直接放棄。所以這個評選方法，是個避免你選出還沒有能力完成的劇本的簡單方法。

你可以一陣子就反覆評斷一次手上的「故事」，用★星號放在你

的檔案命名的後方。所以，你的資料夾下可能會出現這個模樣，當按下「重新整理」（F5）之後，就會重新安排一次。

假設你的故事資料庫內，出現了以下幾個檔案：

- 鬼片：《便利商店無頭鬼戀曲》—★★★
- 文藝：《番薯王》—★★★★★
- 推理：《寶特瓶有鬼》—★
- 科幻：《送報生》—★★
- 歷史：《我阿嬤》—★★★★
- 愛情：《腳》—★

那麼，對你來說，哪個故事要優先完成，相信你已經知道——當然是星等高的。

但請注意，不是對別人有意義的故事才要去完成，也不只單單為了獲獎，必須先強調每個編劇創造故事的獨特性，以及故事對自己產生的意義。寫得好，才會對別人產生意義，因為這世界上沒有題材的價值高低，只是對初學者的你而言，你可以寫得好，得到正面回饋的機率較高。而鼓勵你能持續寫下去。這些星等的方式，是在尋找「對自己有意義的故事」之中，哪個最完整，最適合先去完成而已。

當自己對自己的故事評斷較低的時候，你可以思考，是否可以將兩個不同的故事組合起來。兩個單獨★的故事，可以合成一個具有★★的故事嗎？有意義嗎？能創造出新的型態嗎？有趣嗎？能讓你的情感產生波動嗎？如果可以，那為什麼只有一顆星？如果不行，能用標準修正嗎？

如果以這個標準作為自己的方向，卻始終都書寫不好，那麼，因為有設定調整的標準，你便可以校正你的標準，改變你的標準，如此，你會比都用「感覺」來設想你的作品題材好壞來得更加清楚，有著可供判斷的標準。

因此，建議初學者的你，可以試著在某一段時間，採用某些價值觀的判斷，隔一段時間再更換，藉以嘗試不同的類型故事，並且給予自己

「嘗試錯誤」的機會後，才會知道如何校正。畢竟在藝術創作中，非常不容易自我檢核。

（如果你輕易地就能自我檢討，找到錯誤，代表你完全瞭解自己在幹什麼、犯了什麼錯、如何更改，那麼你絕對是個強大的天才，把書闔起來直接去創作吧！）

此評選的做法，便是用來明確修正自己的學習路線。當故事數量少時，自己還無法發現；當故事數量一多，你便會發現自己有什麼問題，知道問題，才知道該如何校正。至此，你的故事已經將你所要表達的意義傳達完整，接下來就要將你的故事，進入到大綱階段去處理。

結語

經過反覆思考、推演，到了三百字故事的階段時，故事的好壞其實八成已經底定。

進行實際上劇本的書寫時，我們必須知道，「寫劇本」這件事情，最重要的就是「題材」的意義。題材不是只是標題幾個字，大概就如一場棒球比賽，投手決定了七成的勝敗因素。在經驗中，如何「找到題材」永遠比「劇本技術」還困難。因為劇本技術可以拆解分包，比方A編劇寫角色，B編劇寫情節，C編劇策畫結構，D編劇整理重寫。

劇本技術可以不斷地經由練習而進步，但「題材」的出現卻難以分包而創造出來，是一種發現題材的「故事鼻」：一種判斷故事強度的天賦，它似乎與「絕對音感」一樣是一種天生的能力。當然，也能透過眾多的學習閱讀，達到一定的高度。

因此，當你發現了一個好的題材時，在判斷這作品或許只有自己能書寫時，也請不要急躁，好好花一段時間累積「哏」。或許是三年、五年、甚至十年，將這個題材充滿非常多精采的「哏」後，你會發現原來要寫故事變得簡單許多。因為你已經準備好了這個故事所需的所有條件，當你坐在電腦前打字書寫時，你會發現好像這故事在自己演出，而你只是一個記錄者，以及第一個觀賞者。

Chapter
11

角色營造發想

撰稿：張英珉、呂登貴

本章開始，便進入到本書的實質內涵之中，那便是「人物描寫」。

對新手而言，或許最初還無法直接寫出一篇完整的故事，但一個特殊的人物、引人注意的人物，以及好的介紹，最有機會像是打地基一般，逐漸從小小的地基蓋成一篇故事大樓，畢竟人物是故事的主角，幾乎所有的故事也都在看人如何改變、成長，因此本篇章將多所著墨。

大部分的影片敘事之中，都需要角色去帶動事件。就算是非生物，都還需要擬人化。而以動、植物為主要記錄對象的紀錄影片，就算沒有角色，也會採用一個「旁白」來闡述事件。

因此，一個成功的角色，絕對可以讓觀眾／讀者產生極大的「代入感」，觀眾／讀者要同情、要憤慨、要感動、要哭泣，都要透過角色來投射，才能得到這種情緒上的起伏，角色書寫絕對值得花時間去研究，甚至直接以此發展成大綱。

許多故事甚至是先想到一個好的角色，它便成功了一半。在影片中，一個深刻的角色，通常也是獎項的入門磚。一個成功演出的角色，可以將一個「故事」的厚度投射在演員身上。常常見到一個原本默默無名的藝人，因為演出一個成功角色而知名度大開，並且讓觀眾將「角色的人生故事」投射在演員身上，從此這個藝人對觀眾而言擁有幾套不一樣的人生，屬於藝人本身的回憶，以及屬於該角色的回憶。

角色並不易經營，初學者作品中的角色幾乎都不特別，讓人讀過之後全忘了。這是因為常人並不特別，你我並不特別，只是兩千三百萬個臺灣人之一，七十億個地球人之一，歷史上數百億人之一。我們之中絕大部分的人都不是考試第一名，也不是某種技藝天才、戰爭英雄。大部分的人有的是一個普通人生、普通青春，因此，要怎麼書寫一個戰場英雄、開刀天才、詐欺騙子、商場老手、國家領導人，這全都不是一件容易的事。

本章節會從兩個角度來說明角色，不會給予任何書寫的道德限制，角色該怎麼走路，該怎麼吃飯，都有他自己的模樣，只要有幾個點

去注意就可以。人類都在七情六慾的範疇內打轉（世界參數），儘管有時書寫的事情並非親身經驗，也都可以用邏輯去推演。

角色的行為

一個人的行為，有兩個方向可以看待，一個是內在的邏輯，一個是外在的邏輯。

外在的邏輯不用多解釋。內在邏輯，是指一個角色成長過程中，如何養成或被教育出的本我。

簡單來說，你的角色在沒人看到的時候，他會怎麼做。

一個看來大方的人，內在不一定大方。

一個看來對老婆溫柔的人，內在不一定溫柔，

一個看來愛流浪狗的人，內在不一定愛動物。

一個看來樂觀的人，也許內心十分愁悶。

你可以想想自己，在對待不同人時，是否有同樣的行為反應。

紙筆練習時間

　　舉個例：眼前有一個人被車撞到躺在地上，是他人肇事逃逸所造成，因為在荒郊野外，不會有任何人知道。

　　問題來了，不要用角色，就用翻閱這本書的「你」來回答以下問題：

1. 你經過那個地方，你會救這個人嗎？若是救這個人，可能會將自己捲入一起莫名的事件中，你會這麼做嗎？真正的你是怎樣的人呢？

2. 你的家人在你身邊，你還會做一樣的選擇嗎？

3. 你正在追求的對象在你身邊，你還會做一樣的選擇嗎？

_____

_____

_____

_____

_____

_____

_____

_____

_____

_____

_____

_____

對角色的兩階段描述

從上題往後想，要深化一個角色，最基本的便是分成兩層來思考，分成兩階段來描述角色（也可以配合第八章的紙牌遊戲，進行角色塑造，來製造角色深度或衝突。）

第一階段便是一個常人對待陌生人絕對會有的「第一印象」：

· 他冷淡嗎？

· 他熱情嗎？

· 他寂寞嗎？

· 他深情嗎？

· 他愛哭嗎？

· 他有過感情嗎？

· 他喜歡笑嗎？

· 他生氣時恐怖嗎？

· 他會過生日嗎？

· 他喜歡走路嗎？

當第一層的印象鋪陳確定後，你可以進入對角色的第二層提問：

· 他吃泡麵會加調味包嗎？他會把湯喝完嗎？

· 他在便利商店櫃檯前撿到一元，會丟到捐款箱，還是放到自己的口袋裡？

· 他冬天喜歡穿毛衣還是風衣？

· 他洗澡從身體何處先洗起？

· 他在路上看到前女友，是會躲起來，還是會過去打招呼？

· 他騎摩托車或走路時，若下起小雨，他會撐傘還是穿起雨衣？還是乾脆淋雨？

· 兩件同時購買而有特價的物品，明明不需要第二件，他會選擇一件還是兩件？

‧他會去吃Buffet吃到肚子不舒服嗎？

‧在路上沒有其他路人的夜裡，騎摩托車的主角，會闖紅燈嗎？

‧他會和朋友用跳起擁抱的方式打招呼嗎？

你有否對角色進行到第二階段的描寫？發現第二階段的描寫，很容易生出戲劇細節，營造角色的「生活感」，讓人覺得他是一個「真的人」。大部分的初學創作者，大多停留在第一階段的描寫，因此不易帶出人物的親切感、共鳴感，無法成功營造讀者的「代入感」。

紙筆練習時間

　　此時，試著描寫你的角色的第二階段，將你對於每個角色的形容，
都套上一個動作吧！

_____

_____

_____

_____

_____

_____

_____

_____

_____

_____

_____

_____

_____

_____

_____

_____

_____

_____

_____

_____

不照規矩的角色，才吸引人

　　還記得前面的章節，要你做點無傷大雅的胡鬧事嗎？

　　這是一個奇妙的心理，如果你的故事始終走到了一盤死棋，那麼你必須做些改變，來讓故事的動能產生變化。你需要徹底改變你的主角，主角是整個戲劇線發生的火車頭、發動機，你必須給主角加柴火、添電力。

　　仔細想想，從小到大，你在校園中、生活中遇見的人，誰最能抓住你的目光。是翹課被罵的同學？還是一個安安靜靜讀書的人？

　　其實會被注意的，通常是一個從群體中具有獨特性的人。當所有人都翹課，他讀書；當所有人都讀書時，他翹課。當所有人都有智慧型手機時，他只有Nokia3310。當所有人都留長髮時，他剃了光頭。當他看起來無比尋常時，卻藏著最多的心事。

　　在創意紙牌中所說的「紫牛」，在一片黑白色的乳牛中，如果有一隻紫色的牛，絕對會是最顯眼的那個。你的角色，是紫牛嗎？他一出場是否能抓住大家的目光？他的什麼行為會讓你終生難忘？

　　請開始重新思考你的角色的存在意義。想想「紫牛」說法，你的角色一出場，是隻紫色的牛出現在黑白牛群當中嗎？如果不是，為什麼？為什麼你會如此選擇？請一定要想出明確的理由，這將讓你的角色被凸顯出來。請一定要試著書寫出來。

_____

_____

_____

_____

_____

為角色設計一個好的「亮相」

「亮相」的用語，是劇曲中角色出場時的動作，一個姿態，讓觀眾認識這個角色的模樣，不管是凶狠梟雄、氣宇軒昂、小氣猥瑣，都在短暫的動作中建立在觀眾的腦海裡。

「亮相」應用在劇本上也是，每個角色現身時，勢必要讓觀眾印象深刻（除非這個角色需要藏訊息，直到累積到最後才讓情緒爆炸）。「亮相」這件事情的重要性，在於快速建立對於觀眾而言，這個角色的三種意義：

1. 讓觀眾直接認識他的身分職業。
2. 呈現他的性格。
3. 角色對於之後戲劇發展的重要性。

只要在小小的一場戲中，設計得宜，觀眾便可以在短時間內得到以上的三種認識。初學者在書寫故事時，通常可能會設計三場戲，分成三次來呈現這個角色的這三件事情。因此，請你務必思考及設計看看，是否有可能用一場戲讓你的角色亮相，可以達到「一個願望三種滿足」。

在過往的影片範例中有好的亮相範例，近年的《黑暗騎士》中，開頭小丑搶銀行的戲，便是一個很標準、很完整的「亮相」。在短短數分鐘內，小丑聰明、果決，還殺了自己的同夥，馬上讓人認識這個角色的性格、職業，以及對未來戲劇線的重要影響，清楚明白，達到快速吸引人的目標。

《海角七號》中的阿嘉，開場數分鐘內，背著吉他、沮喪地走在有臺北101街景的街角路燈下，二話不說就把吉他敲爛，還順口喊了一句：「操你媽的臺北！」清楚點出角色返鄉的動機，同樣令人印象深刻。

這些角色的亮相都相當清楚，呈現了身分、性格、戲劇目標。當然這不是唯一說故事的方法，但如果你還沒有自己的想法，試著練習看看，三個願望一次滿足。

紙筆練習時間

　　趕快想想自己寫的故事中的主角，有沒有好的「亮相」吧！如果沒
有，要如何給他一個好的亮相；如果不，為什麼呢？

_____

_____

_____

_____

_____

_____

_____

_____

_____

_____

_____

_____

_____

_____

_____

_____

_____

_____

_____

_____

_____

在清水中滴幾滴墨汁

　　讓我們來試著思索一個問題：「如果一個籤筒裡，只放了好籤，全都是吉，那麼長久發展下去會如何呢？」或許，便是因為既然怎麼抽都是吉，而且都是大吉的話，人們抽籤時的那種擔憂、果決、祈禱、顫抖、冷汗，全都不見了，所以這件事情就沒意思了。

　　所以，能讓抽籤這件事情存在，依靠的不是好籤，而是壞籤啊！

　　換到故事之中，人對人都想要表現出自己較為完美的一面，比如衣服整理得乾乾淨淨、頭髮梳得整整齊齊；但真正的人類，美女會放屁、會摳腳、牙齒會黏到海苔，帥哥會挖鼻孔、流鼻水，進入殘酷犯罪現場的刑警會嘔吐。怠惰、沮喪、憂鬱等等七情六慾，全都是一個「有人性」的角色基底。

　　一個人不可能完美無瑕，除非他是個被製造出來的螢幕形象，如藝人或是政治人物。請記得凡是太完美的人，在戲劇上只會讓人不斷地直覺「這個人是不是有問題啊」、「他不正常耶」、「他是不是有陰謀啊？」

　　一個不正常的角色，無法快速讓人在戲劇過程中「相信」這個角色真實存在。你可以想想從小到大所認識的人當中，是不是真的有這種無瑕人格存在。或者你也可以試著書寫一個聖人，你會發現完美無缺的人，最容易出現的狀態是讓故事停止流動，或是產生的情緒波動極少，讓你書寫時逐漸失去興趣。

　　因此，請試著將你的人物設計一個小動作，一個奇怪的小習慣，一個不常聽見的口頭禪。七情六慾都能讓這個角色「更像個人」，因為人類的常態就是這樣。在創作的初期，你可以大量練習去給一個角色「壞習慣」、「口頭禪」，當然，後來的你在習慣之後，會不再需要刻意放這些東西進來，你的角色也能從稿紙上活跳跳地出現在想像之中。

請給予你所書寫的角色一些壞東西吧！

給角色一個道具

除了給角色一些小動作之外，這個角色有喜歡的東西嗎？這個道具，不管是一身爸爸留下的老西裝、電動去腳皮機、破了五個洞的襪子、壞了的撥號電話、或是手機上的鑽石貼片、一支老鋼筆，都可用來形塑角色的性格。

比方，一個喜歡音樂的年輕人，吉他上貼著眾多貼紙，或者是保持著出廠時的乾淨，就可看出他的性格差異。

比方，一個在數位年代喜歡攝影的年輕人，還拿著120底片機拍攝，想必他有些特別，有些奇特的要求。

一個人在電腦時代還用打字機打字，這個人一定有些奇特的想法吧？

再者，若能給角色一個貼身的物品，不僅能凸顯角色的性格，只要再加些情節的連結，就可能在影片裡發揮某些意想不到的效果。例如，主角喜歡喝某種飲料，當其他人發現桌上有一瓶飲料時，就會很自然地帶出主角曾經來過的訊息。又或者主角身上的某樣物品是過世的母親送給他的，只要他拿起這樣物品，我們就會很自然地投射出他對母親的思念。

　　仔細想想你的角色，是否全身乾乾淨淨，身上是不是一個道具都沒有。如果沒有，你可以給他一些道具來描述他的性格；如果你不想建立這個道具，為什麼？

　　請書寫一個角色，並給他一個道具吧！

_____

_____

_____

_____

_____

_____

_____

_____

_____

_____

_____

_____

_____

_____

_____

_____

給角色一個鬧鐘

如果你對於自己的角色總是顯得無趣，故事也推進緩慢，那麼，接下來就把一個想像出的時鐘放在他頭上，開始倒數計時。

這當然不是說影片中有個真實的時鐘在倒數，而是這個角色正不斷地感受到時間的壓力，這個壓力將逼著影片中的事件不斷向前。

現實中，時間壓力將逼著人「做些什麼」。月底到了的業績壓力，期末考不及格就要留級的壓力，你的男女友一個月後就要出國，你們到底要不要分手的壓力。當然，最直接的就是，影片劈頭就告訴你，某人只剩下幾個月的生命。

就像彈簧一樣，壓力愈大，反彈愈大。你的「鬧鐘」大顆嗎？吵起來很煩人嗎？或許這個問題也可以問看這本書的你，「你的頭上有沒有鬧鐘？」

紙筆練習時間

　　現在開始，將你故事中的每個角色獨立出來，每個角色之間，試著各自給他一個「鬧鐘」。當然，角色之間的時間壓力可能會互相影響，彼此拉扯。你會發現，有些事情將會發生，而這產生的劇情化學作用，強度將超過你的想像。

_____

_____

_____

_____

_____

_____

_____

_____

_____

_____

_____

_____

_____

_____

_____

_____

_____

_____

替角色書寫日記

此時，現在你正化身為你的角色，坐在書桌前，開始寫著日記。想像自己是男女主角，拿起小天使原子筆，對著一本紅色絨皮的日記本，翻開紙頁，聞到紙張的氣息，香水原子筆的香氣，開始將筆尖在紙上寫出筆跡。

如果你總是無法讓角色動人，請動手替你的角色寫些日記吧！當角色的日記逐字被寫出來，你會開始清楚男女主角在想什麼。這個明明是「虛擬的人」，隨著日記文字的浮現，形象會愈來愈清楚，逐漸形成一個「真實人格」。

這個真實人格，就是你要寫在劇本中的人格，這時候，你是作者，同時也是劇中的人物。順著你的角色設定，把心底話寫出來，你的角色在戲劇中忌妒他人、羨慕他人、喜愛他人，正策劃一起陰謀，打算和某人告白搶學長的女友。

你化身成為你的角色，不管此刻他是小偷、強盜還是土匪，你就是他，他即是你。

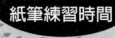

紙筆練習時間

　　如果可以，請試著替數個角色寫日記，你會發現，劇情很容易隨著角色日記的清楚而愈來愈明朗化。

　　請試著書寫你的故事中主角角色的日記吧！

_____

_____

_____

_____

_____

_____

_____

_____

_____

_____

_____

_____

_____

_____

_____

_____

_____

_____

_____

_____

_____

_____

替角色的行為寫個企劃

初學者在學習編劇時，常常編了「事件」，但卻忽略了吸引人的事件「內容」。

舉個例：你的角色要搶銀行。好的，請打開一個電腦文件檔案，或是拿起一張A4紙，替你的角色寫出完整的搶銀行企劃。路線、交通工具、犯案工具、犯案人數、畫出逃跑的路線和地圖、被抓了要如何應對、如何逃出警方的追捕。

你的角色要創業，請寫出完整的創業計畫，要如何選擇地點、如何購買工具、如何獲利、如何打贏商場戰爭、如何全身而退。

你的角色要打棒球，請替他規劃一個訓練計畫，要吃多少高蛋白、每天要跑步多久、要打過多少盃賽，角色才能達到他在劇中所要的目標。

你會發現，在你替這角色寫企劃勾勒這些細節時，許多戲就完成了大半。請不要忽略這件事情，認為戲劇只是勾勒一個「事件」就好；事實上，這個企劃愈完整，你虛構的故事可信度便愈高，觀眾的「代入感」愈強，情緒波動才會愈明確。

也因此，在本書的前文曾說過，若你具有某種專業，你可能可以寫出十分令人投入的某種專業故事。

比方說，你不可能會聽信便利商店隔壁桌一個突然告訴你他要投資風力發電的POLO衫阿伯，說要請你入股，你就把你戶頭的現金全領出來投資；但如果一個套裝美女同學來找你（你以前還暗戀過她），當她從嶄新的公事包中拿出一整份精美的文件，內含完整的數據、表格、營利資料，你看著她的口紅光澤，也許你就漸漸失去防備，逐步墜入精美的詐騙敘事陷阱。

請問你故事中的主角有什麼目標？他要如何執行呢？

給予角色強迫事件的思考法

有時候你寫了一個角色，卻不知道該怎麼讓他更加深化。儘管你做了許多練習或想像，都無法更深入。那麼，可以試看看以下這些方法，試著讓你的角色進入許多情境中。

(一)馬克杯

有一個相當經典的問答。

想像，你的角色此時正細細看著一個馬克杯，馬克杯內裝入了動物糞便，黃澄澄或土色，咖啡色或深黑色，裡面有著糞便該有的惡臭氣息，甚至上面有著某種不知名的蛆蟲在爬行，殘渣可以看到葉片、菇類、某種不知名的葉梗，你看著就快吐了。

現在，大便已經清洗掉了，馬克杯也已經消毒過了，白色馬克杯內裝了一杯乾淨清澈的飲用水，端到你的角色面前。

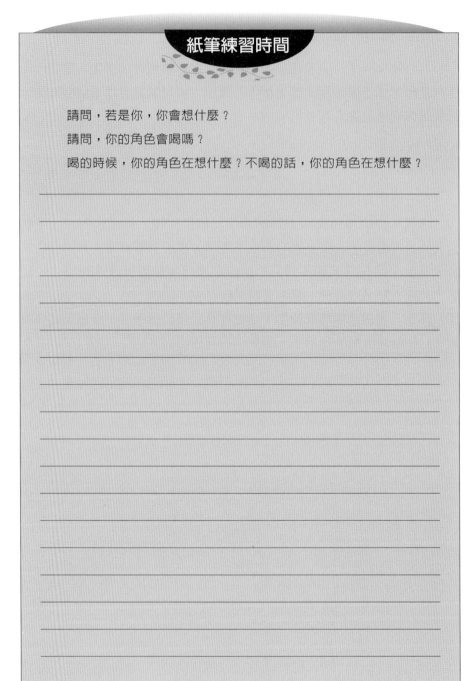

紙筆練習時間

請問，若是你，你會想什麼？

請問，你的角色會喝嗎？

喝的時候，你的角色在想什麼？不喝的話，你的角色在想什麼？

_____

_____

_____

_____

_____

_____

_____

_____

_____

_____

_____

_____

_____

_____

_____

_____

_____

_____

_____

_____

(二)殭屍疫苗

讓我們再來進行一個近年流行的影片類型的推問。

這是一個活屍橫行的時代，路上全都是抬起手不斷抓取活人啃咬的活屍。此刻你的角色在一片混亂中，從某個醫務所內得到了兩支螢光綠色的針劑疫苗。只要注射了這針劑疫苗，就算被活屍咬過，也能復原。

現在，你的主角和家人一起（不論是丈夫或是妻子），還帶著一個小孩。三人都被咬了，兩支疫苗給三個人用，達不到效力，你必須馬上為其中的兩個人注射，才能發揮疫苗的功能，現在還有五分鐘，病毒就要發作了……

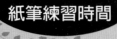

紙筆練習時間

請問，若是你，你會想什麼？

問題來了，你的角色會做什麼選擇？為什麼？

_____

_____

_____

_____

_____

_____

_____

_____

_____

_____

_____

_____

_____

_____

_____

_____

_____

_____

_____

_____

_____

(三)歷史畫作或童年

　　也許你會覺得以上這些問題太殘忍了，那麼，物品二選一可能輕鬆一點。

　　眼前是一片火場，烈火燃燒令人無比慌張。此時，眼前牆面上掛著兩幅畫，一幅是達文西的畫作《蒙娜麗莎的微笑》，屬於世界的文明遺產；另外一幅的木框裡，仔細看原來是你的角色童年時留下的唯一一張照片，照片中有角色已逝的父母親，對角色而言，這件物品極為重要，僅有一件。

　　火勢猛烈，他只能選一個帶走，不然馬上會有生命危險。

紙筆練習時間

請問，若是你，你會想什麼？

這時，你的角色會選擇什麼？為什麼？

_____

_____

_____

_____

_____

_____

_____

_____

_____

_____

_____

_____

_____

_____

_____

_____

_____

_____

_____

_____

(四)超能力

　　或許，前面生死交關的選擇實在太殘酷了，你可以想像以下這件比較輕鬆的事情。

　　你的角色已經結婚了，有日他回到家，發現妻子（或丈夫）正如常照顧小孩。不同的是，小孩正緩緩地浮在空中，尿布懸空而來，在空中自動更換，奶瓶和奶粉正在空中沖泡、搖晃，並自動靠上了嬰兒的嘴，讓嬰兒咕嚕咕嚕喝個飽。

　　你的角色站在門口看著，角色的老公（或老婆）轉頭伸個懶腰說：「啊，你回來了喔——」

請問，若是你，你會想什麼？

請問，這時候，你的角色會想什麼？

_____

_____

_____

_____

_____

_____

_____

_____

_____

_____

_____

_____

_____

_____

_____

_____

_____

_____

_____

_____

_____

_____

經過以上這些判斷後，你的角色會做什麼選擇呢？「什麼性格的人，就會做什麼選擇」，你可以將這些明確的角色性格套入原本設定的故事中，你勢必會多想到一些什麼。當你的角色夠立體，設定得夠豐富，角色會彷彿自己活過來似的，讓角色栩栩如生地自己做選擇。有時你會驚訝不已，到底你和你的角色，誰才是創作這個故事的作者。

此後，當你每次書寫不順利，或者還沒有自己習慣的一套角色建構方法時，試著翻開這一篇章，讓你的角色從頭到尾選擇一次吧。

當然，身為作者的你，一個故事中的上帝之眼，你會不會因為自己的「道德價值觀」而影響角色的判斷？你的角色是什麼性格，就會做什麼選擇。是你的角色幫你代言故事，但是你的角色不是你自己。如果你讓自己的道德價值判斷進入角色之中，那麼故事中，你便有眾多角色代言你的價值觀，這樣的角色差異便扁平化，顯現不出「模擬真實世界」的效果。前文說過，一個「擬真」的世界，較易讓人有「代入感」，相信你會比你的角色做更好的選擇。

讓角色開口說臺詞

沒有不能出現的「臺詞」，有的只是不配的「情境」。只有一個原則：「什麼人說什麼話。」一個人只要說出符合身分、年紀、職業的話語，那就是合理的話語。

深刻的臺詞其實相當不易，就連好萊塢電影如此精緻，都不容易讓人記住臺詞，更何況是初學者的你的劇本，所以別害怕，也不要因此裹足不前，不敢嘗試。一部片能寫出經典對白不容易，想想自己看完一部片，多年後幾乎不會記得什麼，僅會記得一個故事輪廓，對白也幾乎都會被遺忘。這時候，如果你的故事中有「金句」，就有機會在別人的記憶中留下一個逗點，讓人深刻難忘。

讓我們來看看臺灣電影中幾句具有深刻記憶度的臺詞。《海角七號》中，一句極好的亮相臺詞：「我操你媽的臺北！」一句話將角色接

續的行為模式、地域都交代清楚，並且也成為流傳一時的金句（也可見得臺北之於許多異鄉人，可能有著某種心理傷害）。

有些臺詞能紅，也與時代有關。《海角七號》中的「山也BOT，海也BOT」，說不定再過十年，BOT的模式不流行了，這句話就成為歷史映照。

知名的《阿甘正傳》中的臺詞，已經等於這部電影：「生命就像一盒巧克力，你永遠不知道會吃到哪一個。」（Life was like a box of chocolates. You never know what you're gonna get.）

甚至在《浩劫重生》裡，湯姆漢克對著排球嚎啕大叫「威爾森」，也都成為了一個文化符碼。

當然，這對初學者來說太困難了。要製造金句需要許多條件，所以在初學階段，對白只要掌握幾個基礎邏輯，或許，你也可能在劇情中創作一些深刻的臺詞。初學者的目標可以大致分成三階段：正確→精緻→金句。

角色的語言邏輯

語言必須要合乎基礎的邏輯，這是最最根本的要求，比方一些網路上流傳的有趣邏輯錯誤。通常在戲劇中，你看不見不合理的臺詞，因為那些臺詞都經過反覆的修正和判斷。但是身為初學者的作品，極容易出現不合情理的臺詞，或是浪費篇幅的臺詞。

　　例：一隊中國士兵騎在馬上大喊：「八年抗戰開始了！」（當時代的人，怎麼可能知道自己的戰爭要打八年呢？）

　　例：「我阿公八歲的時候就死掉了，我爸爸也是。」（那你是怎麼出生的啊？）

　　例：「他是我爸爸的阿伯的兒子。」（除非你營造出的角色是個嘮叨的人，不然不要寫出這種令人迷惑的臺詞。）

即使只是一句對白，講話的人都是因為某個動機，才會說出這樣的

話。初學者該做的是確定說話者的動機，試著填入正確的對白，再慢慢精緻化。

舉個生活中常見的例子，在辦公室加班的A與B，時間已經來到晚上11點。上司A埋首工作完全忘記時間，下屬B卻覺得時間太晚了，想要結束工作回家。這時B的動機很明確了，他需要說些什麼，讓A意識到時間太晚了。但B礙於身分高低不能太直接明說，於是，B應該說出怎樣的臺詞來達到他的目的呢？

B：「欸，最後一班捷運是幾點啊？」（有點直接，讓A意識到時間很晚了。）

B：「明天早上的晨會，我們要提早多久到？」（稍迂迴，讓A思考別的問題，但關於時間。）

B：「你想不想吃點什麼，我肚子好像有點餓耶。」（轉個彎，讓A意識到已經過了晚餐時間很久了。）

再換個想法，如果我的終點是要讓A說出「你可以先回去了」，B要說什麼臺詞才能達到目的呢？

角色符合設定的身分

書寫劇本的時候，常會出現一種狀態——角色不像該角色。

一個寫實片，操台語口音的市場賣菜阿伯，在現實中不會突然對著螢幕，用字正腔圓的口音說著：「自從2014年那一天，科技，改變了人類的命運。」

一個外國人，在正常的狀態下，不會說出「這樣是很好笑膩～」。這種帶著腔調語言的臺詞，若沒有足夠的鋪陳，只會讓人覺得錯愕，成為惡搞。

其實這不是不可能的情節（事實上，這些情節出現時，記憶度通常很好），但如果這和你的劇情推進無關，甚至背離你的片型，那就需要檢討。而且如果調性不統一，只會讓人迷惑不已。

寫實的劇情上，兩個陌生且尷尬的人見面（如相親），會突然說出極度私密的話語嗎？當然有可能，但機率很低。如果到了這場戲，會有這些表現，代表這場戲之前有足夠的情節鋪陳，讓觀眾、讀者認為這個角色會發生這件事情；但如果沒有前言，也沒有後續說明，觀眾只會一頭霧水。

初學者很容易犯下這種「鋪陳未到卻先說出口的臺詞」。回想看看自己的劇本、故事，是否也有這種小錯誤吧。

角色的潛臺詞

潛臺詞是表面看到的語言之中，蘊藏著另外一則訊息，而這一層訊息，才是說的人所要表達的真義。

初學者儘量不要在未經訓練、未有著書寫經驗時，就想要寫出一個技術高超的潛臺詞。因為若是除了寫作者你之外，這世界上沒有第二個人瞭解背後的意義，這就變成無用的臺詞，甚至是令人迷惑的臺詞。

同樣的臺詞，背後的潛臺詞不同，就會傳達出完全不同的意義。而潛臺詞的強度，也會影響到演員的口白表演。雖說大部分的劇本會將潛臺詞的功課留給演員去做，但編劇心中還是要有比較明確的設定，才能讓演員在讀本時接收到，不至於偏離太多。

以下用兩句常見的臺詞，試著表現潛臺詞所傳達的不同設定與情緒。

‧A：「你剪頭髮囉。」

　　→真好看，讓人怦然心動。

　　→這麼忙，你還真有時間。

　　→這個髮型好醜，不適合你。

　　→拖這麼久，你終於捨得剪了。

‧A：「你可以不要走嗎？」

　　→事情還沒做完，你走個屁。

　　→請不要留下我一個人，我怕孤單。

　　→留下來，或者我跟你走。

紙筆練習時間

　　讓我們來進行潛臺詞的練習。你可以寫出一句話，但背後其實還暗藏著其他訊息嗎？

_____

_____

_____

_____

_____

_____

_____

_____

_____

_____

_____

_____

_____

_____

_____

_____

_____

_____

_____

角色綜合表格

綜合以上的人物行爲條件，以下有一個表格，對於初學者的你來說，可以用這個圖表來解釋。請盡可能地用紙筆在其中填入資料，用來檢查你的角色是否有可以填入的資料；若沒有，爲什麼？你總可以說出一個要與不要的理由。

試著將每個角色都填入表格中，你也可以用紙筆自己畫出表格。如果你能填寫這些表格，這個角色是否看來彷彿變得鮮活；如果不行，你覺得還缺了些什麼？

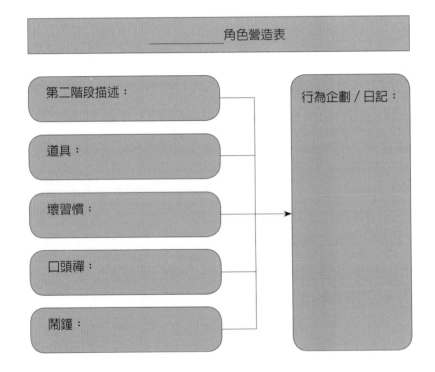

_____角色營造表

第二階段描述：

道具：

壞習慣：

口頭禪：

鬧鐘：

行為企劃／日記：

劇本角色塑造

撰稿：張英珉、呂登貴

通常在寫劇本的時候，都要寫到角色介紹。本章節在角色營造發想之後，接著說明角色介紹的細節。

每個角色的存在都有其意義，沒有一個角色在影片中會是浪費時間的。在書寫角色時，在這短短的百字介紹中，可以提到「人名」，如果有「綽號」、「壞習慣」，也可一併提出。再來，你必須提到「視覺年齡」，畢竟螢幕上看是幾歲，就是幾歲，所以演員的真實年齡並不重要。接著，你可以提出他在故事中所惆悵的、悲傷的、抵抗的、躲避的、需要面對的「最大挑戰」是什麼。如此，一個基本的人物介紹就已足夠，通常篇幅上也無法讓你再多寫些什麼。

當然，也許這世界上還有數千萬種寫法，只要你能清楚表達皆可。但身為初學者的你，若尚未摸索出自己的一套方法，那麼，就先以這套方法為準吧。

讓我們來試著練習看看，隨意書寫作為範例，也請你猜猜看這些被描述的著名角色是誰？

「　　」：視覺年齡25歲，英國社會底層，穿著邋遢，留著鬍渣。他有些小聰明，但油腔滑調，貪小便宜。夢想便是來去美國。聽聞美國是個窮人能翻身的地方，因此握著贏來的這張船票，彷彿握著無限的可能。

「　　」：視覺年齡35歲，精壯，睿智，雖然是個億萬富翁，卻始終低調來去。每個夜裡他對抗各種邪惡，乃因童年時親眼目睹了父母的死亡，心底的痛苦讓他不斷鍛鍊身體，製造各種器具，直到下一次災禍的到來……

「　　」：視覺年齡35歲，智能不足，狀似呆愣的他，最愛的就是運動，跑步讓他掙脫束縛，讓他勇敢。他喜歡的那個女生勇於流浪，總是擱下他在家鄉。還好，他願意等待女子的歸

來，就和他無盡的長跑一樣。

「　　」：視覺年齡25歲，原本是個吉他手，回到家鄉之後僅能當個總是送錯信的郵差。他每日百無聊賴，卻又被找去組織樂團，當日本歌手表演之前的開幕表演樂團。樂團內的組合人員千奇百怪，表演的日期就要來了，樂團一盤散沙，他不知道該怎麼辦。

看完以上的人物，你一定猜得出來框格內的是什麼。有沒有發現，大部分的故事都以此主角的變化、對抗和成長作為影片的主軸線，再以此拓增內容。

所以，若你能先寫出簡單的人物介紹，好好經營，就有機會拓增成為一篇完整的故事。這是本書最希望初學者能深究的部分。

　　看完以上一些簡單的範例。對於初學者的你來說，請試著以一個自己喜歡的劇本中的角色，或者是你已經有想法、但還沒書寫出來的故事角色，替他寫個一百字人物介紹吧。多練習幾次，一點都不難，很快就會熟練了。

_____

_____

_____

_____

_____

_____

_____

_____

_____

_____

_____

_____

_____

_____

_____

_____

_____

Chapter
13

劇本結構

撰稿：張英珉

結構是構成一部影視作品的必要條件之一，就算你的故事是一個人躺在床上九十分鐘吃吃喝喝看電視什麼都沒幹，這還是一個單線結構。當初學者如你，在書寫故事時，並非有著小說、散文等等創作經驗的人，可能會面臨到一個特殊的狀態，那就是我有了角色、有了想法、有了故事，但是整體看來卻零散不堪，無法誘人深入故事。

請試著思考「結構」這件事情，就是一棟屋子的建築大梁、橫梁，順著這個主要的結構模式，角色是建材，在其中演繹著各種建築外觀看起來的模樣，是磁磚或瓦，是水泥牆或木板屋，都依附著結構才能產生意義，不然一堆精美的建材堆在一起，也只是廢墟。

你設想了一個故事，創造了許多情節，而這些情節便需要安排。但如何安排，放在哪裡，你需要設想順序。若在起初學習書寫時，如果對於自己的故事沒有結構的想法，不妨先遵循古典中的「三幕劇」。簡單而言，三幕劇是個淺顯易懂的模式，相信大家都知道《羅密歐與茱麗葉》、《三隻小豬》等等許多的影視、故事，都是用三幕劇的模式來解決。

對於初學者的你的「結構」學習目標，就是善用以下這個表格。

基本三幕劇

第一幕　建立　　　第二幕　衝突　　　第三幕　解決

第一幕：建立

故事的前三分之一或四分之一左右的篇幅，用來建立故事的基本樣貌，建立角色的存在價值、內在邏輯、外在表現、角色目標、負面壓力。

第二幕：衝突

順著建立起來的角色、行為，其所產生的衝突開始造成主角的困境，且不管衝突是大是小，終究需主角自己去解決。

第三幕：解決

角色與事件衝突到達了極限，發生了很大部分的化學作用，帶給觀眾巨大的情緒起伏，主角的目標最終得到解決。不管是好人死掉、還是壞人死掉、還是沒人死掉，畢竟戲劇時間是有限的，事情終究要結束。

中文系統裡的三幕劇

無獨有偶，中文系統之中，也有人探討過文章的結構應該要如何，那便是元代的喬夢符所提到，關於文章的六字箴言：「鳳頭、豬肚、豹尾。」

- **鳳頭**：一個精采的，美麗、震撼的開頭，如鳳凰的頭部羽毛一樣多彩華麗。
- **豬肚**：一個充滿內涵的過程，像神豬的肚子一樣飽滿、有料。
- **豹尾**：一個充滿餘韻、有力的結尾，宛如豹子華麗的尾巴。

雖然這是古代對於「科舉作文」的標準解釋，不過放在故事上仍有參考價值。如果一個故事：「開頭非常吸引人，中間故事相當厚實，結尾充滿餘味」，那便有極高的機率應該是個好故事。

有趣的是，以下就讓我們中西合璧，通通像撒尿牛丸一樣攪在一起，你便會很清楚此基本結構的樣貌。

第一幕：鳳頭+建立

在建立角色的過程中，盡其所能地吸引人的注意，不只是交代出現而已，而是讓觀眾／讀者有效地產生各種情緒波動，不管是喜怒哀樂愛

惡欲。就像走在路上看見模特兒級的美女、比金城武還帥的老帥哥，或是奇裝異服的路人、發狂打著小孩的媽媽、突然翻起跟斗求婚的男子、突然撞車的汽車，或是沒有人抓著而滑下坡的嬰兒車。你的眼睛已無法從這件事上離開。

在固定的繼續時間篇幅內，有效達到「吸引觀眾目光」和「建立起角色」這兩件事情，這就是個誠意十足的開頭。

第二幕：豬肚+衝突

進入衝突之後，必須是個很飽滿的衝突，故事相當豐富，讓人看得十分過癮，角色因此經歷了一段從未體驗過或是強度超群的事件，讓讀者／觀眾嘖嘖稱奇。

第三幕：豹尾+結束

故事必然要解決，你可以選擇一個惆悵、憂慮的結尾，也可以選擇一個Happy Ending。但無論怎麼結束，都必須讓觀眾看完故事之後，內心有著許多「觸動」。甚至做夢會夢見、平常會提出來當談話材料，在觀眾心中，達到繞梁三日不絕之效。

這組合看起來很標準嗎？很公式、很老套嗎？或許你也有自己的一套想法。

破解類型片的三幕劇

相信這世界上學習過影視編劇的人，大概九成九都知道三幕劇。三幕劇的模式是一種規格化的認識，方便溝通使用。要經營好標準三幕，說起來很簡單，但實際上不容易做得好。因為過於公式化的企圖會很明顯看出，一旦讓人看出，便會讓人期待感下降，「代入感」降低。因此，如何在公式化中找到一些變數，一些讀者／觀眾的期待，並不是件

容易的事情。

　　讓我們來看一些三幕劇的變化（包含公式的刻板印象），你覺得有道理嗎？對你來說，你可以以一條箭頭的方式，去分析你所看過的影片嗎？你會發現許多有趣的事情，許多好看的故事，都在盡可能地推翻這些公式印象呢！

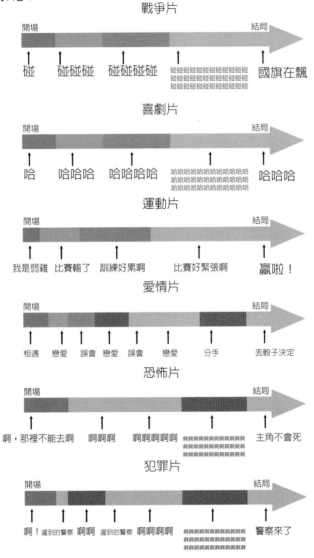

戰爭片

開場　　　　　　　　　　　　　　　　　　結局

碰　碰碰碰　碰碰碰碰　碰碰碰碰碰碰碰碰碰碰碰碰碰碰碰碰碰碰碰碰碰碰碰碰碰碰碰碰碰碰碰碰　國旗在飄

喜劇片

開場　　　　　　　　　　　　　　　　　　結局

哈　哈哈哈　哈哈哈哈　哈哈哈哈哈哈哈哈哈哈哈哈哈哈哈哈哈哈哈哈哈哈哈哈哈哈哈哈哈哈哈哈　哈哈哈

運動片

開場　　　　　　　　　　　　　　　　　　結局

我是弱雞　比賽輸了　訓練好累啊　比賽好緊張啊　贏啦！

愛情片

開場　　　　　　　　　　　　　　　　　　結局

相遇　戀愛　誤會　戀愛　誤會　戀愛　分手　丟骰子決定

恐怖片

開場　　　　　　　　　　　　　　　　　　結局

啊，那裡不能去啊　啊啊啊　啊啊啊啊啊　啊啊啊啊啊啊啊啊啊啊啊啊啊啊啊啊啊啊啊啊啊啊啊啊啊啊啊啊啊啊啊啊啊　主角不會死

犯罪片

開場　　　　　　　　　　　　　　　　　　結局

啊！遲到的警察　啊啊　遲到的警察　啊啊啊啊　啊啊啊啊啊啊啊啊啊啊啊啊啊啊啊啊啊啊啊啊啊啊啊啊啊啊啊啊啊啊　警察來了

當然，此處的圖表以趣味為主，但你會發現，欸，好像真的是這樣。如果是這樣，那麼這就是學習寫劇本的你可以去突破的地方。

三幕劇的應用圖表

　　對初學者的你來說，先不要去設想太過複雜的結構模式。請先好好分析、學習三幕劇的圖表，用來對照你的劇情，請參考圖例，並且試著在紙上畫出你的三幕劇。你想了一個故事，裡面一定有許多情節，把你所設想的故事情節都試著一一填入框格中，並且思考看看，若是移動這些框格，能達到更好的效果嗎？如果不行，為什麼？

　　不管是什麼影視故事，不管是如何的插敘、倒敘，影視中的時間永遠是線性的，所以，預先設定完故事中會發生的事件是非常重要的事情。有些作者會採用順寫的方式，意即隨著時間線寫下去，不斷地誕生故事直到結局。這是非常有經驗的作者（或超級天才）才能做的事，如果你是經驗稀少的菜鳥，完全的順寫是一件極度冒險的事情，故事可能會偏離主軸。

　　反覆練習，你可以很快習慣何處還有什麼可能性。有時候你會發現，許多優秀的影片都在試著打破公式的印象（可能因此創造新的公式）。當圖表視覺化後，你可以試著安排，將中後段的情節放到前方，這麼一來，故事還能成立嗎？許多編劇會利用便利貼貼在牆上，作事件的安排，也是一樣的道理（請參閱226頁的便利貼照片）。

　　順序這件事情的重要，以下有一個經典的問答。事件的順序是如此：

一、起床

二、上學

三、遇到暗戀的校花或校草

四、與他/她接吻

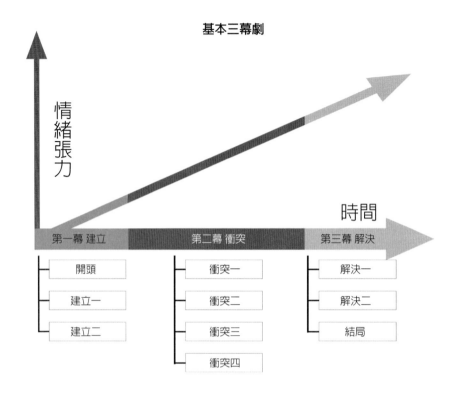

基本三幕劇

順序改變，意義上就有重大的改變。相信不管是誰都希望是一二三四，如果是二三四一，那就感傷了。如果是四一二三，角色會怎麼想？故事又變成了什麼氛圍？相信你一定可以發現其中的奧妙！

影片隨著時間，故事張力正不斷地向上，不管是陡升還是緩上，故事張力終究是要隨著時間向上走。你可以按照時間線，填入你的長大綱中順著時序所要表達的十件事嗎？

當然，十件事只是個方便的十等分切法。如果你的故事很短，也許只有三件事，也許只有五件事，但不管幾件事，記得你的故事和小說不一樣，讀小說可以回頭想一想發生了什麼事情，翻回去讀一讀、校正、重溫，但是劇本的內容要用時間正在推擠去想，如果沒有「事件」與「事件連續性」，觀眾會覺得「到底要演什麼啊？」。

紙筆練習時間

　　如果沒有十個事件，讓你的劇本有著事件連續、張力連續，那麼，是什麼特殊的點在支撐這部劇本達到這個連貫性呢？

　　你的十件事情，有隨著時間限制而不斷向上提升意義（張力）嗎？

　　你可以思索，你的故事適用於這個圖表嗎？

　　如果你的故事不適用於這個圖表，你的故事是什麼類型的故事？

_____

_____

_____

_____

_____

_____

_____

_____

_____

_____

_____

_____

_____

_____

_____

_____

人物結構表

其實,不管是寫劇本或是寫長篇小說,在進行到故事和大綱的階段後,這是一個很好的校正法,可以用來協助你思考角色之間的連結問題。

這是本書作者曾獲獎的劇本作品《五樓加蓋》之人物結構表,此為電視劇本,可以看出人物與結構較為複雜,長度為十三集劇本。

※圖例

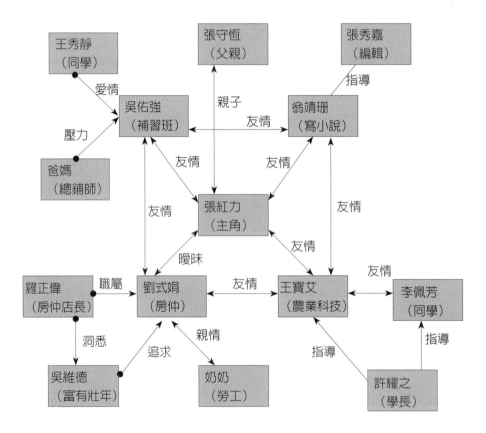

人物之間彼此的關係，在故事中或許可以如此想像：就像「洗碗」，洗碗槽中，乾淨的碗放到髒的、沾滿油汙、菜渣的碗盤旁邊，彼此堆疊、擺放，碗盤之間的油汙會彼此沾染，就算用清潔劑清洗過、清水沖過，仍然會殘留一些痕跡、油漬，甚至暗藏了卡住的菜渣，就算再努力沖洗，不管如何，總會有些洗不乾淨的部分。

　　其實，一個故事大多就在看角色的這些大大小小的變化，這些最後「洗不乾淨」的部分、「殘餘下來」的部分，通常也是故事吸引人的地方。

　　若你是初學者，當大綱寫到六、七成後，請務必進行一次人物結構的表格校正，這會非常有幫助。舉例：如果你有一個角色是單獨存在於一條線，與他人沒關係，在戲分中占據個三頁，請問這是你的特殊設計，還是可以刪去的角色呢？

　　如果你所需要的頁數、場數不夠，怎麼都想不出更好的戲，或許你就必須從人物結構去設想。篇幅不夠就加角色、加情節，將不相關的角色以線相連，但這有助於讓劇情變得獨特嗎？一個角色的存在，有助於其他角色提升張力嗎？

　　你可以不斷對自己提問，畢竟每個故事的時間是有限的，如果將一個角色所使用的時間移動到其他角色身上，有加分嗎？意義有變強嗎？

　　以上表格的原則很簡單，卻很實用，請用一支筆，開始用默想的方式將你想寫的故事中的人物結構，基本三幕劇表格畫出來。若能直接默畫、默寫出來，表示故事已經在你腦中建立得非常清楚。雖然不能說，你能默想出人物結構，就代表你寫了一個非常好的故事，至少至少，你已經完全知道自己在幹什麼。對於初學者來說，完全知道自己「寫了什麼」是進步的最大關鍵點。

請試著畫出你正書寫故事的人物結構圖，然後好好檢查一下吧。

校正結構的自我提問

當你設計了一個故事，逐漸發展到了長大綱，便要開始校正，但這卻是一件很難的事情，畢竟你還沒有足夠的經驗。你可以檢查幾個點，一一用紙筆作一次默想。必須要可以默想得出來，並且都想不出問題了，才是基本的結構。

(一)所有事情都解決了嗎？

主角、配角聚合在一起時所發生的事，是不是都解決了？如果沒解決，為什麼？是故意的嗎？

(二)曾出現角色使用的道具都有使用過，道具最後到哪裡去了呢？

每個特別提示出現的道具，都有形塑角色性格的意義，這些與角色之間有意義的道具，到哪裡去了？

(三)角色最後到哪裡去了？有角色失蹤了嗎？

最好每一個角色都要交代清楚，要去哪裡，成為什麼，或是不成為什麼。

(四)沒交代到的角色、工具、符號，是故意的嗎？

如果有什麼東西沒交代到，是刻意的嗎？儘管沒被交代到，讀者一樣能了解嗎？

對於初學者的學習，第一步是「把故事完整結束」，第二步才是「讓故事出現餘韻」。請認真檢查、思考自己的故事。有小瑕疵難免，但切莫讓故事出現明確的巨大錯誤，那會讓人相當扼腕。

紙筆練習時間

請回答上述的自我提問，你的故事有漏洞嗎？若有，如何解決？

_____

_____

_____

_____

_____

_____

_____

_____

_____

_____

_____

_____

_____

_____

_____

_____

_____

_____

_____

_____

Chapter
14

故事大綱

撰稿：張英珉

故事大綱的書寫並沒有一個絕對正確的方法。比方說，有人先完成大綱後再寫劇本，也許有人靈感不斷，先完成了劇本，再回頭書寫大綱，這時這個大綱的內容，可能就和還在提出模糊概念的大綱不同，也會精緻許多。

　　大部分的時候，還是建議你按照這個「由少而多」的階段推進。讓「哏」成為→「三百字左右的故事」→「大綱」→「長版大綱」→「分場劇本」→「完整劇本」。經過這樣的累積，一步一步，能讓你較易發現劇情上的思考盲點，並在每一階段進行校正。

　　也由於大綱並沒有什麼標準模式，所以當你書寫了大綱，如果寫得長一些，把細節交代得太清楚，可能會有人建議你縮短簡潔一些；如果你寫得短了些，便會有人要你變長，認為故事不夠豐富，想看得多一點；如果大綱口氣詼諧了點，有人會要你嚴肅，比較正式；如果你嚴肅了些，有人會要你詼諧，比較好讀。

　　簡單來說，因為不是一個有國家制定規格的東西，所以會有許許多多想法，在此僅能建議你參考以下的四個規格。

　　這時，之前章節出現的提問S君又出現了，正舉手發問。

S君：請問各種大綱字數之間有什麼差別呢？

　　大綱是用來溝通的，因應著需溝通的對象，便產生一些類型的差異，但這僅是常見的模式，並不代表絕對如此。

- 五十字大綱：譬如某些提案、故事簡報時，便需用簡短的文字介紹故事，用一兩句話抓出故事的梗概，類似電梯簡報、濃縮故事的主旨。（此模式可以看成是相當精緻的「哏」。）
- 三百字大綱：提出主要的創意概念，幾個主角追尋的目標，以及面對的挑戰是什麼。（這便是本書前述所提「故事」的精緻化表現。）
- 八百字大綱：具備初步的三幕劇結構，將故事氛圍、角色關

係、危機轉折等細節概略地加以說明。這是最常見用來提案、競賽的長度，字數從八百到一千兩百字都有。

· 三千字大綱：整體結構接近完整，能看見劇本大致的雛形，重要段落甚至會有較詳細的描寫，通常用來與工作人員溝通。如果你的影片有製作打算，甚至會寫到更多的字數，將細節描寫得更清楚。

有些劇本創作者經驗豐富，可以從短大綱直接進入到完整劇本，但對於初學者的你來說，並不建議如此，否則當你的書寫方向一偏，而又已寫下非常多內容時，要自己砍掉辛苦書寫的劇本內容會相當挫折。

在此十分建議初學者循序漸進。你應該沒有嘗試寫過五十字大綱（精緻的哏）吧？既然如此，我們試著寫一些有名的電影的五十字大綱給你參考，再來嘗試延伸吧！

玩具牛仔胡迪和太空人巴斯光年的主人要搬家了，即將被丟棄的他們，該怎麼回到主人的身邊？

少年PI遭遇海難，陪伴他渡過漫長船難漂流的，竟然是一隻斑馬、鬣狗、猩猩和一隻兇猛的孟加拉虎……

琥珀抽出的血竟然能讓恐龍復活，還興建了一座公園，但是恐龍卻掙脫了人類的控制，四處奔跑失控……

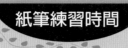
紙筆練習時間

　　現在，讓我們試著書寫幾則五十字大綱。如果你還沒有自己故事的想法，那麼，你可以練習將你喜歡的電影寫成大綱。

　　請練習僅以五十字來說明你最愛的幾部電影吧。

_____

_____

_____

_____

_____

_____

_____

_____

_____

_____

_____

_____

_____

_____

_____

_____

S君：大綱的寫法要如何掌握呢？

在書寫大綱時，由於字數有限，因此必須先書寫一些較於戲劇化、營造情境的辭彙。可參閱心理學中的「促發效應」——前面的知覺刺激，會影響下一段知覺刺激的反應。

請儘量將你所要描述的主要情境氛圍放在大綱的第一段，用以引導讀者的感受，瞭解這是什麼片型。

書寫大綱時可採用「無法拍出的文字」，以及描述感覺的文字。不像劇本必須處理成「畫面化」，大綱要儘量優美、好讀、通順，讓你的故事更容易被人讀懂，得到最多的意見回饋。

S君：請問大綱一定要把故事說完嗎？

大綱通常會採用兩種方式來書寫，一種方式是「完全說完」，另一種方式是「……」。

「……」，便是所謂的「點點點」刪節號作為結尾，字數通常限制在比方一千字左右。請設想一篇小說十萬字，一本劇本三萬字、五萬字，不可能凝成一千字還能達到同樣的「符號深度」、「劇情內容」。因此，此種大綱通常都只是個「提示」，需要不斷寫出吸引人的設定。最常出現的是在DVD殼的後方，比如：

> 「回到故鄉的他，會怎樣面對這個嚴峻的挑戰呢……」
> 「當她又回到這裡，才發現原來等待的人，竟然不是當年的他……」
> 「如果向前跑就能跑向終點，但是他失去了一隻腳，該怎麼前進……」

而「完全說完」，可以說是給工作人員看的大綱，完整、清楚、充滿細節，每個閱讀的人都可以從這些資訊中，完整地判別這是一個怎麼

樣的故事。通常會將字數不斷拓增，有時故事比較複雜，寫到數千字到近萬字都有可能。

實務上，千字大綱通常用來向人介紹作品，但要判斷、預測一個故事拍攝成果的好與壞，如果是長片，還是必須要看三千字左右甚至以上的大綱，會來得準確許多。

S君：請問大綱裡要描寫什麼呢？

(一)角色的目標

畢竟大部分的戲劇是在描寫人的故事，這個人一定在做些什麼，除非你描寫的角色躺在床上睡了一天又一天。請寫出你的角色，特別是主角要做些什麼，能做些什麼，他最大的挑戰、反轉、痛苦與折磨是什麼。

若是篇幅不足時，配角只需簡略交代即可。

(二)角色間的關係

請描述主配角之間的關聯性。主角與配角之間一定有所關聯，你的故事應該不會是十條線各自獨立，以致每個角色毫不相關。（請參閱人物結構圖）

(三)主要的情節

因為篇幅的關係，細微心情都必須跳過，只要交代大事件，呈現事件中的連續關係與創意概念。

(四)結構

當然，若你的故事是個結構極度複雜的故事，請務必在大綱裡面表達或說明。

S君：我寫完短大綱了，那之後呢？

當你把短大綱寫完後，而且也確定如此的風格、方向、角色結構等等完全無誤時，你就可以開始拓展你的大綱，試著增加到三千字以上，讓重要段落都初步成形。

- **分場大綱**：將你寫好的故事大綱，以拍攝場次區分開來，並增加逐場內容的細節說明，藉此釐清故事走勢與角色關係，但還不用書寫對白。在這個階段，可以進行場次的調換、刪除、拓增。此階段若有精心思索，可以省下許多工夫。（關於場次的調整方法，第十九章有進一步的說明。）
- **完整劇本**：從分場大綱到此階段，便會寫出全部對白。全部都完成後，便是一個完整的劇本，也是你要交件的劇本。

S君：有沒有可以參考的大綱呢？

請上網搜尋「優良電影劇本」獲獎作品，比如之前所提：

- 《九降風》，作者：林書宇、蔡宗翰
- 《黃金甲子園》：作者：魏德聖、陳嘉蔚
- 《那些年，我們一起追的女孩》，作者：九把刀

皆有提供完整劇本與大綱參考，你可以藉此學習。

紙筆練習時間

　　你是否有自己書寫的大綱呢？如果沒有經驗，請別把它想得太難，想想前面篇章所說的人物介紹，好好的把故事中最吸引人的那個主角的特殊性寫出來，好好拓增他／她的特色，把它吸引人的部分好好發揮，就以此作為你的大綱吧！

_____

_____

_____

_____

_____

_____

_____

_____

_____

_____

_____

_____

_____

_____

_____

_____

_____

劇本格式

撰稿：張英珉

「作者的廢話實在太多，我只是想寫個劇本啊。」看到這裡，你可能會如此想，但如果你循序漸進看下來，筆者在此表示十二萬分的感謝。

至此，你已經有了故事發想的經驗，也瞭解何謂大綱用途，接著讓我們開始來書寫劇本。本章將逐步說明劇本書寫的方式與注意事項。

劇本要寫什麼東西？

一部影片推進的同一秒鐘，可以有七個「有意義的時間軌」，就像用剪接軟體時一樣。讓我們用圖形來模擬剪接軟體的方法，表達這「七個意義」。

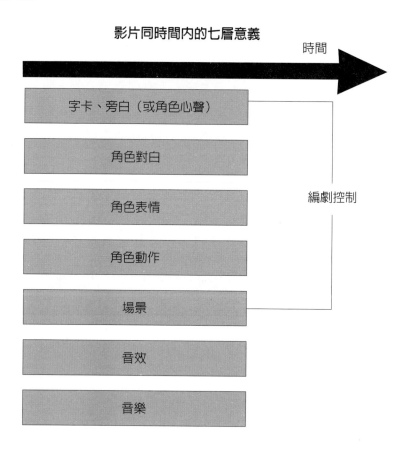

影片同時間內的七層意義

時間

字卡、旁白（或角色心聲）

角色對白

角色表情   編劇控制

角色動作

場景

音效

音樂

時間往前走，每一秒的畫面中都會有這七個產生意義的可能性，分別是旁白（字卡）、對白、表情、動作、場景、音效、音樂。這七件事情可能同時發生，也可能只有一個，比方說某些特殊狀態，進入了黑畫面，只有音樂，但連續的意義已經產生，明明看到的是黑畫面，你卻思索著或感動著什麼。

當然，音效屬於後製的範疇，也是一種創作；音樂屬於另外一位創作者的空間。所以，一個劇本創作者可以在對白、表情、動作、旁白、場景上製造「複合的意義」。不要小看這五件事情，它們就像音符一樣簡單，實際上卻千變萬化。如果有一個地方在寫作時過不去了，你可以試著更換工具，再度嘗試看看。

我該採用什麼劇本格式？

對初學者來說，因爲經驗尙不豐富，也有可能會囿於格式而覺得困惑。但必須說，格式有許多種，若大家去下載歷年優良劇本獎，便會發現許多成名的導演所使用的格式皆大不相同，而這些作品也都成功拍成影片。何況如果若眞的進入到製作階段，可以請有經驗的人或副導演修正過一次，重點還是劇情內容。

劇本中的三角形代表什麼意思？

通常在臺灣劇本常用三角形來標示，但在英文劇本並不採用三角形。

在意義上，這三角形可以是任何一種形狀，可以是○●◎※。三角形約定俗成，可以是「動作」的提示，也可以是「拍攝」的提示，也能是需要標記的點。

如以下的幾個範例：

　　△他走向女友的身邊，伸手撫摸著她的頭髮。（單純動作）

△（蒙太奇剪輯）幾個騎腳踏車經過海與山邊的畫面。
（畫面提示）

△她哭了好久，畫面慢慢淡出。（畫面提示）

△他站在畫面正中央，無聲，廣播中的音樂漸大播放著。
（畫面提示）

△這裡只能看見男主角的背面。（和第十七場一樣角度）
（畫面提示）

簡言之，除了對話之外，其他部分都用三角形來標示。

臺灣常見許多種場次格式範例

最初書寫劇本時不用寫上格式，可以用你方便的方法寫好劇本，最後再逐場填上這些表格即可。格式沒有特別的範例，基本上會包含場次、時間、地點、人物等訊息。在此以《喀噠大作戰》（曾入圍第48屆金鐘獎單元劇劇本獎）劇本中的其中一場作為範例，請參考。

範例一：常見方法

場次：	S58	時間：	日
地點：	廟口老街	人物：	阿寬、大哥

△大哥載著阿寬來到廟口老街的路口，擺放著幾個交通三角錐，不讓摩托車騎進去，大哥只好停下車。

大哥：「快去吧！」
阿寬：「好，謝謝大哥。」

△阿寬趕緊朝廟口廣場的方向跑去，穿過重重的人群，大哥看著阿寬奔跑而去的背影，似乎有千言萬語似的，卻沒有說出口。

範例二：灰底、排版齊邊

場次：　S58　　時間：　日　　地點：　廟口老街　　人物：阿寬 大哥

範例三：不同顏色、三角形或其他造形

場次	S58	時間	日		地點	廟口老街	角色	阿寬、大哥

範例四：劇本階段不寫場次、角色，僅標出內外景、地點

外景　日　廟口

由於沒有何種格式的模式是最正確的，但若是參加劇本競賽，通常會規定格式，所以請用該種格式便是.重點是你的劇情，而不是格式。格式寫得再好看，排版再整齊，劇本內容也不會變好看。

Chapter
16

文字校稿

撰稿：張英珉

到此，你已經書寫出了什麼，發現了一些錯字，認為只是個錯字無傷大雅，但必須說，想像你自己有日成為劇本競賽的評審，你會發現，你以為沒怎樣的錯字，好奇怪，突然每一個都變得好像釘子那樣扎眼。

請盡可能地將文字錯誤校正，這也對於閱讀時的「連續感」有所幫助。

如何進行文字校稿

其實文字校稿有些訣竅，對於身為初學者的你來說，按部就班操作一遍，絕對有所幫助。

(一)請務必改字體再校稿一次

比方說，你的作品用新細明體書寫，校稿時則可以用「中黑體」、「標楷體」去校稿；若用「中黑體」書寫，就用「細明體」校稿。因為更換字體後，會產生些許陌生狀態，可以讓人較容易發現在書寫時已習慣的錯誤。

很多時候因為作品是自己寫的，久了以後，大腦已經知道內容有什麼，角色會怎麼發展，所以便會自動忽略掉許多錯字，以及快速閱讀之後產生的錯誤，就像很有名的這句：

「研究顯示：漢字序順並不定一影閱響讀。」

你發現錯誤在哪裡了嗎？

(二)善用「@」

若用電腦校稿時，建議你可以用@符號來當作校正的標記。這符號在鍵盤上方的數字2上，平常用在電子郵件上，除非你的劇情中有電子郵件符號，否則不可能出現在劇情中。

所以當你閱讀稿件，發現到劇情錯誤時，你可以用鍵盤打下一個

「@」在錯誤處，先不要更改，等到全部稿件看完之後，再一個個將「@」修正。畢竟有時候以為是錯誤的地方，後來才發覺：「啊！其實這樣也可以。」然而，此時已經把不需要更改的地方改掉，最後還要再改回來，重複更改實在太浪費時間，所以請避免。

這個方法對於使用手機、平板電腦校稿也有方便之處。以效率論，你可以用「@」來用手機、平板校稿，畢竟手機打字再怎麼快，可能也沒電腦鍵盤快，等到有電腦工作時，再用搜尋的方式找到「@」修改，事半功倍。

(三)試著把一些贅字刪除

除了錯字之外，讓我們來瞭解中文字的組合之處，有時候，你必須讓文章的字數縮短時，請務必思索幾個可更改的點。以下所說的縮短之處不是對白，對白有其差別，有些角色說話時有一堆虛字贅詞，這是在表達他的情緒強度差異；但在劇情描述上，則可重新思考。

以下為部分可縮減的字詞，你可以思索看看，是不是有更多可以簡略的。

・「這時候」，改成「這時」即可。
・「之後」，改成「後」即可。
・「裡面」，改成「裡」即可。
・「了」，如吃了，喝了，語句中可有可無。
・「著」，許多時候不用存在，如走著、吃著、喝著。

中文裡，有太多字詞可以替換、縮減，特別是在大綱階段。總之，一篇文章用一百字和兩百字表達同一件事情，在文學中有傳達情緒的不同深度之處，但在劇本、大綱中請儘量簡潔，能明確傳達意義且不會失真即可。

印成小書

　　若經費許可，請以一張紙正反印四個頁面的方式，將你的作品印成一本A5（A4對折即是A5）的小書，用蝴蝶夾夾起即可。你會發現，當文字印成書時，由於閱讀的習慣和模式改變，在翻頁閱讀時，你可以得到很多和原本完全不同的感想。你也可以以此與親友溝通交流，或在通勤時隨身閱讀，方便有效。

陌生地閱讀

　　若你平常在書桌前面、咖啡店裡書寫、校稿，這一次請試著換個環境，帶著你的小書來到有媽媽跳土風舞的公園、火車站內的座位、有人打籃球的籃球場邊、有小孩奔跑的速食店，情侶濕吻的捷運座位旁邊。

　　請不要戴耳機隔絕外面的世界，你會發現，當你置身於不習慣的環境中，有著各種干擾時，你會非常容易看出原本各種應該要更改卻被忽略的錯誤。

　　若你的故事極度吸引你，讓你投入到忘了外面的紛擾，恭喜你，這應該是個好劇本！

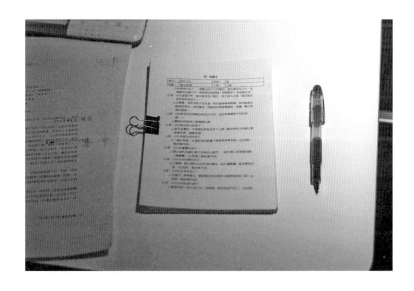

Chapter

17

讀劇校稿

撰稿：呂登貴

作品完成之後，勢必還會有大大小小的錯誤，這些錯誤能夠藉由許多校稿方法來修正，請嘗試看看。

橡皮小鴨校正法：自我讀劇

據稱這是軟體工程師所使用的方法，在進行軟體編寫後，工程師會對著一個「橡皮小鴨」說明爲何要如此撰寫程式。這個「對自己說明」的過程很奇妙，有時候問題就自己在問答中解開了。其實，這就是一個自己協助自己「理出頭緒」的過程，和寫得獎感言有著異曲同工之妙。

對於劇本寫作來說，在劇本尚未發展到可以拿來與演員「讀本」的時候，在某些書寫的關卡過不去的時候，可以試著對一個物品來解說一次。你可以準備一個娃娃，或是在電腦螢幕放上你喜歡的偶像照片，譬如：林志玲或少女時代，AKB48或鄧麗君，劉德華或林青霞。總之，你可以認眞地、嚴肅地對你的偶像說起這個故事。

我知道，雖然在旁人看來你的行爲有些好笑，但這個方法的確有效。反正沒人看到，找一個你喜歡的偶像，認眞地對他說出你最新的劇本創意吧。

多人讀劇校正法

多人讀劇是較複雜卻十分有效的劇本校正方法，請找兩三個朋友，有戲劇經驗者佳，沒有也沒關係，可以一人扮演數種角色。最好不要是劇本作者本人參與，因爲這有助於你聽見臺詞從他人口中說出。

在讀劇之後，對於初學者的你來說，能「從別人口中聽見自己所寫的臺詞」，這種震撼很強大。臺詞或許尷尬，或許無聊，或許毫不合情理，你馬上就能發現正確或錯誤，對於往後的創作有所幫助，請務必多加嘗試。

請試著和朋友互相成爲讀劇的「咖」，你當我的咖，我當你的咖，能互相吸收養分，同時間自己也在「演出他人的故事」中，獲得十

足的成長。

讀本校正法

「讀本」是所有職業編劇出道後，都一定要面對的修羅場。雖然初學者如你，尚未到此階段，但若有機會，你還是可以將劇本交給其他工作人員閱讀，藉以發現盲點，校正自己的劇本。

拍攝前，劇組會將所有主要工作人員聚集在一起，有時候也會包含部分演員，接著逐場逐字地將劇本讀一遍，包含所有場次的地點、時間、人物，更不會放過任何一個三角形。每一場讀完後，導演便會問大家：「有沒有問題？」讓各組工作人員提出疑問或建議。

工作人員不一定能完全理解你劇本的涵義，但他們的經驗都相當豐富，對於各自的專業領域更是錙銖必較，常常能發現劇本裡細節不足的部分，甚至指出劇情的盲點。寫劇本就是為了要拍攝，為了讓拍攝更順利，試著去理解其他部門的人會怎麼讀你的劇本，對編劇來說也是很重要的課題。

以下就以一個即興寫作的小劇本來讓大家瞭解，其他組別的工作人員看劇本，跟你（編劇）有什麼不一樣。

Story短片【阿民】分場腳本：

場：00 地：教室 時：日 人：阿民、小遊、呂老師、同學們

▲教室裡，眾人鬧哄哄的，阿民卻趴在桌上呼呼大睡。

▲小遊走近試圖搖醒阿民，阿民卻一點反應也沒有，像睡死了
　一樣。

▲看著這樣的阿民，小遊突然想起了一些往事。

▲（插入鏡頭）小時候的小遊在畫圖，旁邊的阿民在睡覺，小
　遊在阿民臉上塗鴉，覺得很好笑。

▲走廊上，呂老師抱著一包牛皮紙袋，表情嚴肅地走來。

▲部分學生透過窗戶看見呂老師，紛紛噤聲，眼睛卻忍不住盯著牛皮紙袋看。

▲呂老師走進教室裡時，所有學生都已經回到定位，教室也恢復安靜。

▲呂老師輕咳了兩聲，正準備說話時，阿民卻發出一個巨大的呼聲。

▲教室爆出哄堂大笑，阿民這時才悠悠轉醒，不曉得發生了什麼事。

讀本：演員Actor

演員讀本會針對劇本裡出現的一切對話與行為，進行「動機建立」與「角色建構」的功課。因為我們只看到一場戲，假設呂老師整部戲只出現在這場（我知道不太可能，但凡事總有例外），那呂老師是個什麼樣個性的人，在學生心目中是個什麼樣的老師，牛皮紙袋裡是什麼東西，就是編劇該做出解答的部分。

因為呂老師不一定就是大家刻板印象的那種易怒、會拿學生出氣的主任。或許呂老師平常很幽默，跟學生相處也很好，但這次月考成績實在太差，所以他才會板起臉孔。（以下將易怒的呂老師稱為A路線，幽默的呂老師則為B路線。）

當學生透過窗戶看見呂老師抱著考卷走來時，不同性格的呂老師，學生的反應就會有細微的不同。若是幽默的B路線，學生可能本來想要跟呂老師打招呼，卻發現他好像在生氣，加上手裡捧著疑似裝了考卷的牛皮紙袋，意會到老師發怒的原因，才會互相提醒要噤聲。

如果是嚴肅的A路線，學生可能笑個幾聲，發現面色鐵青的老師，就會再度陷入安靜。但如果是平常跟學生相處愉快的老師，學生可能就會一發不可收拾，而老師好不容易板起的面孔也會崩解，因為阿民或許

就是班上最低分的那個人呢！

讀本：攝影指導Director of Photography

攝影常常是讀本時爭論比較多的部分，因為光談論劇本的寫作方法，是否要將鏡頭語言寫進去，就是個一直沒有定論的母題。這裡我們先避談這個部分，回過頭來談攝影為何在讀本裡這麼重要，因為他才是真正純粹用畫面去思考電影的人。我敢說，一個不懂劇本的攝影師，成就絕對是有限的。反之，筆者也希望讀者們試著去理解，攝影會怎麼去解讀一個劇本。

回到這場教室的戲，請你試著用純粹影像的思考，再度走入這間教室。

首先，攝影容易提出的問題肯定是：「劇本寫的白天是幾點？」也許你會充滿問號，幾點很重要嗎？欸，不重要嗎？這場戲發生在一大早、午睡過後或快放學時，光線都一樣嗎？

接著，他可能會問你當天天氣如何、教室空間多大、走廊的窗戶是怎樣的玻璃、另一面的窗外是否有樹之類。最後，他可能會請教你，這是個什麼樣的班級，這場戲想呈現怎麼樣的「氛圍」。問了半天，關鍵字終於跑出來了，其實攝影最在意的，就是不夠清楚教室裡的氣氛。

如果是幽默的B路線，那時間可能會是一大早，學生剛掃完地，所以鬧哄哄的。或許阿民昨天沒睡飽，他也不是故意睡覺的。雖然氣氛很緊張，但整體上還是充滿明亮，陽光從窗戶灑落進教室裡，甚至還照亮了阿民嘴角的口水痕。

若是嚴肅的A路線，可以想像後續會有一場更重大的災難，整個教室就該是散亂不羈的，而整體光感也會走向陰沉、山雨欲來。

讀本：美術指導Production Designer

攝影指導掌握了具體構圖和光感的層次，美術指導則管理畫面中你可以看見的所有影像細節，包含配色、布景、道具、配件等等。想要滿足他，除了細節還是細節。他一樣會跟你確定A、B路線的情節問題，不管任何部門，讀懂劇本幾乎是基本要求。

若是A路線的散亂不羈，美術指導可能就會從教室的牆壁和桌椅的排列著手。至於牆壁上會寫些什麼字或貼些什麼海報，他可能就會請教編劇關於年代設定的想法。然後桌椅的排列，除了雜亂散置外，也要能看到主要人物阿民和小遊的位置在哪裡，當阿民發出打呼聲時，和呂老師的相對位置是如何，也是該考慮進去的部分。

小至演員桌上用的鉛筆盒、桌墊，甚至他喝什麼飲料，好的美術指導基本上都不會放掉這些細節。雖然不一定能被拍清楚，卻都是能襯托出場景氣氛或角色性格的設計。但劇本畢竟字數有限，如何能夠用有限的文字創造出最大的想像空間，就是編劇的功課了。

讀本：剪接Editor

讀本將剪接拉進來，則是作者個人的建議。因為導演畢竟是個創作者，只要預算允許，他一定會希望盡可能拍更多畫面，讓後製有更多選擇。所以，幾乎所有影片的第一個導演版本都是破表的長度。

而參與影片製作的人也很難客觀，因為你想的可能是這個場景我們找了多久，這場戲我們拍得多辛苦，這顆鏡頭終於盼到小孩演員哭了，怎麼不剪長一點？怎麼可以刪掉？

這時候，能毫無情感芥蒂，即早阻止你、減少拍攝資源浪費的人，真的就是剪接師。他不會有任何的製作考量，只是單純地檢視著每場戲的重要程度，然後逼問著導演或編劇：「這場戲很重要嗎？拿掉有影響嗎？」如果你猶豫了，不妨重新思考一下剪接師的說法，試著跟他

討論看看。

　　若是一部有商業企圖的劇本，就注定擺脫不掉眾人意見匯流、折衷方案勝出的困擾。常常滿足了創作的需求，回過頭卻被要求調整許多東西，如：演員戲分或商品置入。

　　沒有完美的劇本，劇本永遠沒有真正改完的一天，但到一個階段還是必須告一段落。如果你希望更進步，請接受大部分的意見，試著找到對故事最有利的方向去修改故事，或許你會發現另一片更寬廣的天空，你也會得到更多思考的面向，對於劇本創作這件事情將有著極大的幫助。

Chapter
18

劇本改改改：初學者容易犯的錯誤

撰稿：呂登貴

本章將編劇初學者容易犯的錯誤，大略分成幾個類型。請試著思考一下，你所寫的大綱或劇本，是否也有類似的問題。

一、普通空殼型（嚴重程度：★★★）

初學者大多不喜歡被追問「細節」，原因很簡單，因爲初學者的故事思考模式尚未建立完整，還沒辦法思考到故事的細節。下面爲初學者容易書寫出的模擬範例。

> **Story《普通咖啡廳之戀》故事大綱：**
>
> 有一個普通的大學生，在咖啡廳遇到一個普通的女服務生，剛開始兩人互相看不順眼……不久之後他們就在一起了。後來他們感情愈來愈好，有一天，男生出車禍死掉了，女生感到非常難過……

光看這段文字，就像一個空殼子，雖有個大概的想法，卻幾乎沒有任何細節，更沒辦法讓人捕捉到角色的設定或情節的推展，所以必須針對內容進行許多提問，並試著補足所有疑問：

- ・什麼叫普通的大學生？
- ・那男主角是什麼科系？家庭環境如何？
- ・男主角的外表如何？穿著品味如何？
- ・女服務生有咖啡方面的專長，還是來打工而已？
- ・咖啡廳是女僕咖啡廳嗎？還是寵物咖啡廳？
- ・兩人爲什麼會在一起，倒咖啡時不小心撲倒懷中嗎？
- ・男生出的是什麼車禍，火車、公車、娃娃車？
- ・女服務生很難過，她做了什麼抉擇？試著忘掉男主角？

這類型的故事，很容易發生在初學者身上。請務必叮嚀自己增加對細節的重視，當你放過的愈多，故事就會顯得愈單薄；反之，當你錙銖

必較，讓角色與情節躍然紙上，即使是再平凡的劇情，都有可能寫出令人激賞的作品。

二、宗旨無力型（嚴重程度：★★★）

初學者很容易貪心，創造一大堆角色，混合各種類型又崇尚多重時空的敘事，很容易寫了上萬字的大綱，卻沒辦法抓緊主軸。

> Story《你是我的他的誰》故事大綱：
>
> 阿吉是個活在自己世界裡的大學生，室友阿飛渾身肌肉，是個同性戀。阿吉喜歡小潔，小潔和她的室友RITA喜歡半夜去唱歌，兩人從高中就是最好的朋友。RITA的男友阿克是品學兼優的學生會會長，準備在校慶辦一場演唱會，但他真正喜歡的人其實是小潔。二十年前，阿吉的爸媽也是在校慶上認識的，阿飛突然得知媽媽病危的消息，找阿吉幫忙。後來大家一起幫助阿飛，讓阿飛順利地度過難關，校慶也順利舉行。

初學者很容易類似上面範例的寫法，故事講了半天，角色觀點跳換三次，愛情、友情、親情都同樣重要，主線變支線，無疾而終，原本的支線卻開花結果。過程中不斷回憶，岔開故事，想把故事講清楚，卻反而愈走愈偏，等到覺得不對勁想修改時，卻又無法割捨任何情節。

如果是不能為劇情加分的橋段，就該乾脆地割除，甚至不該浪費時間去寫。反之，若是能夠讓故事結合得更緊密，不妨在故事階段大刀闊斧地修改，也許你會得到一個意料之外的好故事。

以上述故事為例，你可以從愛情、友情、親情開始排序。假設你覺得最重要的是愛情，故事就應該環繞在阿吉、阿克、小潔、RITA的四角戀情習題裡。相關的事件發展都該與愛情有關，例如，阿吉是為了在小潔面前耍帥，才會答應去幫助阿克辦校慶，後來阿吉卻發現阿克也喜

歡小潔，兩人的關係就從單純的合作，演變出一種對抗的氣氛。

至於阿飛媽媽生病的事件，除非阿飛也能被拉進眾人的戀愛習題裡，否則寧可弱化或割捨。還有個好方法，就是把相同事件轉移到核心角色身上。例如，把媽媽生病的事轉移到阿克身上，而阿克媽媽很喜歡RITA，把RITA當成自己的家人看待，如此，阿克將面臨更加複雜的抉擇——究竟是要面對自己真實的感情，卻得傷害許多人，又或者維持原狀，當作什麼事都沒發生。

是不是看到很多不同故事的可能性呢？別再貪心了，抓到一個最大的重點，問問自己什麼才是你最想表達的。

三、跳過重點型（嚴重程度：★★★★）

很多故事，例如前面的《普通咖啡廳之戀》，乍聽之下其實沒什麼大問題，但仔細想想，它可是把最重要的東西省略了。話說，哪個偶像劇的男女主角不是一開始互看不順眼，後來逐漸生出好感，但那個過程不就是看偶像劇最精華的部分？如果有個偶像劇是男生跟女生說我喜歡你，接著女生就回他：「其實我也是耶！」那這個故事馬上就結束了，有什麼好看的。

故事的重點在於兩個人的個性設定或身世背景，讓兩人有著絕對不能在一起的理由，但後來發生了什麼事件或情緒轉折，讓彼此改觀。但很多初學者很容易會寫出這種跳過的故事，寫戀愛就把相戀的過程跳過，寫冒險就把冒險的過程跳過。什麼都跳過，觀眾就什麼都看不到了。

Story《我的大冒險》故事大綱：

有個小男孩，他的父母親多年前為了擊敗危害世界的大魔王，去某個地方找魔法石，卻一去不回。多年後，小男孩長大了，他決定到同一個地方去探險，在鎮上找齊了夥伴後，踏上

了冒險的旅途……最後，他們終於找到魔法石，打敗了大魔王。

前面章節也提過，「……」是用來留下懸念，讓人對接下來的發展感到好奇，而不是用來跳過故事的過程。請快點把它補齊，那才是你最需要用心經營的部分。

四、時空亂流型（嚴重程度：★★★★）

有時候，初學者可能是看了太多類型電影，喜歡在短短的故事篇幅中不停地回溯、快轉、跳躍、反覆，甚至挑戰高難度的多重時空多線敘事。這樣的故事很容易變得非常錯亂，甚至讓人沒辦法閱讀。面對這種狀況，請你先別緊張，請試著仔細列出劇情裡每一段的年分或主角的年齡。

「小時候是幾歲？」「過了一段時間是幾年後？」「某兩個角色相差幾歲？」事實上，只需要清楚一件事情：再複雜的時空，都是從一條「順敘」的時間線慢慢去錯置組合，只要原本的時間線夠扎實、夠清楚，再亂都有跡可循。

以下我們試著參考香港電影《雛妓》的故事，拆解成兩種版本的故事，讓大家思考一下時空錯置的問題。

Story《雛妓》故事大綱：時空錯置版

女主角在飯店的浴缸裡割腕。多年前，她曾經邂逅一個大叔，和他有著不倫的關係。小時候的某個晚上，女主角被繼父性侵了，母親卻選擇默不作聲。多年後，女主角成為一個記者，她有著強烈的使命感，就是要揭發不正義的事情。這天，和女主角有不倫關係的大叔來找他，說自己將不久於人世。女主角上了高中之後，決心擺脫繼父的性侵，離家出走，到街頭

流浪。她遇到了大叔，大叔答應幫助她擺脫這樣的生活，女主角和大叔發生了關係，作為交換。女主角決定出國自我放逐，這天晚上，她回想起參加大叔葬禮的那天，意識逐漸朦朧，浴缸裡的水被手腕滴下的血染紅……

　　如何？雖然對常看電影的人來說，應該還是可以大致理解故事的脈絡，但閱讀故事時，確實很容易有跳躍錯亂的感覺。這個時候，請試著把故事重新拉出順敘的時間線，你會發現很多設定都清楚了，你也會更知道要如何去添加細節，讓故事更加豐富細膩。

Story《雛妓》故事大綱：時空順序版

　　女主角（14）國中時被繼父性侵，母親卻默不作聲。

　　高中時，女主角（17）決定離開家裡，到街頭流浪，和一群朋友打零工自力更生。女主角遇見一個有錢大叔（45），她希望大叔幫助她重新找回人生，便和大叔發生不倫的性關係，以換取重新回到學校讀書的機會和金錢。

　　女主角順利考上大學，朝著記者的夢想逐步邁進。身為公眾人物的大叔變得愈來愈出名，兩人的關係發生微妙變化，畢業前夕的一場爭吵後，大叔（51）決定和女主角（23）分手。

　　女主角（28）順利成為記者，她有著強烈的使命感，就是要揭發不正義的事情。女主角的事業非常成功，卻始終惦記著大叔，希望有天兩人會復合。

　　有天大叔（56）突然來找女主角，卻告訴她，自己將不久於人世。大叔過世後，女主角在工作上也遭遇挫折，萬念俱灰下尋短，試圖割腕自殺。

　　有發現什麼不一樣嗎？劇本就像是蓋房子的設計圖，當你把尺寸（年紀）標上去，觀眾就容易想像了。

五、自我中心型（嚴重程度：★★★★★）

初學者的故事中，特別是年輕學生的作品，常會有人毫無理由地死掉或去殺人。醞釀許久的深仇大恨，可以輕易地瞬間瓦解；或者充滿不合理過程的故事，最後突然告訴你，原來主角有精神疾病，所以一切行為或情節都可以解釋，其實一點都不合理。

> **Story《我們高中常死人》故事大綱：**
>
> 從我們入學開始，每個月的13號，我們高中都會死一個人。一開始有點驚恐，但後來我們也就逐漸習慣了。高三時，我們期盼已久的畢業旅行終於來到，但那個傢伙變得很奇怪，他說我們全部都會死掉……後來我們真的全部都死掉了……

通常初學者會覺得自己設定了一個很棒的題材，但是卻沒有站在觀眾的立場去思考，再深入細節之中，以至於這種故事說出來很容易讓人滿頭霧水。而這樣的遭遇也會讓初學者感到挫折，覺得沒人理解自己的故事。

其實只要提出相當的細節，擅用本書前面所用的創意發想、角色營造，這種故事還是有許多可以調整的機會，不但能讓更多人接受，說不定還可以發展成非常具有個人風格的故事。

以下是一篇模擬各種錯誤狀態的故事，請仔細閱讀分析，提出一些問題，並試著解答來補足故事所缺乏的細節。

Story《旅行》故事大綱：

妻子懷孕了，為了妻子努力打拼的企業家丈夫，卻發現妻子將自己的帳戶掏空，跟另一個窮男人跑了。丈夫感到萬念俱灰，踏上了自我放逐的旅程，就在他準備結束生命的那個夜晚，丈夫遇到了一對祖孫。祖父看穿了他的心事，對他說了些話，最終他看開了一切。

· Q：妻子懷孕了，小孩是誰的？

_____

_____

_____

_____

· Q：兩人結婚幾年了？現況如何？是否有小孩？是否有不孕症的煩惱？

_____

_____

_____

_____

· Q：妻子是否有工作？有什麼煩惱或渴望？在哪裡認識了窮男人？捲款離開跟窮男人的關係是什麼？

．Q：丈夫經營的是什麼樣的公司？他是白手起家還是繼承家業？身邊
　　是否有值得信任的夥伴？掏空帳戶對公司有什麼影響？

．Q：丈夫準備怎麼結束他的生命？是在什麼樣的狀況遇到這對祖孫？
　　又對他造成什麼影響？

．Q：初次見面，祖父為何能看穿丈夫的心事？又對他說了什麼？

．Q：真正讓丈夫萬念俱灰的理由是什麼？最後他為什麼會看開？

Chapter
19

劇本改改改：改本方法

撰稿：呂登貴

如何，看完上一章，有發現跟自己劇本類似的問題嗎？別煩惱，也別急著把自己的故事打入冷宮。任何一個故事都是透過反覆修改，逐漸變得清楚完整。

在大學裡教劇本創作，筆者習慣在上半學期教授基礎概念，接著在下半學期給學生安排三段式的寫作進度，也就是「提案、修改、發表」，用意是希望學生能按部就班、循序漸進地把一個故事從發想做起，接著逐步修改、填滿細節。但很多的學生只要聽到「改」這個字，就會皺起眉頭，開始替自己的故事辯解。嚴重一點的甚至會進入對抗模式，強烈質疑老師看不懂他的劇本。

請你試著放輕鬆，修改劇本一點都不可怕，好的修改不但能增加劇本的深度，更可能省下大量的拍攝資源。接下來，就讓我們透過幾個角度與方法，帶領大家修改自己的劇本吧！

一、拉出時間線，順著他們的人生走一遍

前面章節談到所謂的「時空亂流」，其實一個故事不管被搞得多複雜，只要耐著性子將故事裡的「時間線還原」，進行劇本拆解，就能看見故事的原貌，問題也就迎刃而解了。反之，只要你能拉出清楚的時間軸線，不管你怎麼交叉錯置，也不會偏離原本的航道。因為一個故事，原本就是屬於某個人或某些人生命的一部分。

舉個例子，愛情電影常發生的狀況「**我懷孕了**」。長達十個月的懷胎就是非常明確的時間週期（不論其他特殊早產狀態），以下試著拉出粗略的時間線，並虛構階段性可能發生的情節。

時間點	事件與故事推進
懷孕之前	兩人過去的關係與矛盾，多半是有過誤會或有不可抗拒因素的伴侶。
懷孕的那一夜	重逢，天時地利人和，天雷勾動地火。
懷孕1-2個月	女主角發現自己懷孕，卻不敢告訴男主角。
懷孕3-4個月	男主角間接得知消息，希望女主角拿掉。 兩人拉扯，女主角決定躲起來生產。
懷孕5-6個月	男主角循線找出女主角，也同時瞭解女主角的家人與背景。
懷孕7-8個月	兩人終於和解，卻發生意想不到的困難局面，甚至拆散兩人。
懷孕9-10個月，生產	女主角獨自生產，男主角選擇用自己的方式守護女主角，可是女主角不知道。
生產之後	小孩長大，女主角得知真相，卻已經人事全非，女主角猶豫著是否要挽回。

　　有興趣的讀者，不妨上網Google看看跟懷孕有關的電影，試著拉出類似的時間與故事線，保證你會有意外的收穫與心得。

　　同樣的道理，運用在其他類型電影也是一樣。例如，一個運動員，可能會花一年的時間重新站上起跑線；一個想復仇的人，可能會花兩個禮拜把孤島大宅裡的人殺光；一個被醫生宣告不治的人，則可能會利用幾個月的時間彌補自己這輩子最大的遺憾。

　　另外，這裡我們討論的是故事裡的時間，但男女主角不會一片空白地成長到這個歲數。若你希望你的劇本更加完整，試著拉出男女主角的「人生時間線」，藉此厚實兩人的家庭、求學、求職等背景，這是一個看似土法煉鋼，但卻非常有效的方法。

　　當你拉出時間線後，是不是覺得自己的故事一下子都清晰了，讓我們試著來進階一下吧！其實只要多花一點功夫，你也有機會說出一個多

重時空重疊的華麗故事。

以日本動畫導演今敏的《千年女優》為例，故事描述一個導演去探訪一個退隱的超級女明星千代子，藉由她的回憶和愛情故事，將千代子的人生和演出的電影，融合成日本電影的史詩傳奇。

整部影片時空不停地跳躍切換，加上今敏導演著名的匹配式剪輯（match cut），讓觀者驚歎不已。但藉由故事的還原，你會發現導演只是巧妙地將三條順序的時間線交叉在一起，就產生了如此神奇的節奏感。

《千年女優》的時間線共有三條：

· **第一條**：導演到女明星千代子家探訪，大概是從早上開始，一整個白天的時間。

· **第二條**：千代子演出電影的時間線，從日本的戰國時代，一路演到近代，最後則收尾在人類試圖前往太空的世界。成功透過數部電影，串聯起了日本電影史的盛衰起伏，也跨越了將近千年的時光，和片名也有了奇妙的呼應。

· **第三條**：千代子真實的人生，從1923年關東大地震出生，到1962年千代子拍完最後一部電影退隱。描述著千代子成名的過程，與對於愛情的追尋與遺憾，直到導演來訪的這天，一切的往事才被重新提起，真相也隱隱浮現。

聽起來好像很厲害，不是嗎？但對於閱讀本書的初學者，不建議你一開始就挑戰這樣多重的時空敘事，反而要誠懇地提醒你將時間範圍縮小，而且愈短愈好。

古希臘戲劇有所謂的「三一律」，是由哲學家亞里斯多德歸納出來的。這種故事的情節通常只發生在一天之內，地點也不變換。在情節上往往只有一條主線，不允許其他支線情節存在。雖然並非所有的故事都是如此，但這一理論適用於大多數狀況。

簡單地說，初學者寫的第一個故事，內容應該是關於「主角生命中

的某一天」。

> **Story《距離》故事大綱：**（已拍攝完成之作品，影片內容可上
> YouTube搜尋，建議觀賞後再閱讀下列的解說，會更容易理解
> 本書內容）
>
> 　　阿勳在過年前回到故鄉，邀約留在故鄉大學就讀的阿琪見
> 面。兩人在高中時曾有段若有似無的交往，因為高三準備聯
> 考，考上後又相隔兩地，漸漸就少了聯絡。久未見面的兩人顯
> 得有點生疏，阿勳卻自顧自地拿著手機錄影想要逗弄阿琪炒熱
> 氣氛，手機畫面裡的阿琪顯得沉默而憂鬱，偶爾被阿勳幼稚的
> 動作弄得又好氣又好笑。
>
> 　　兩人走在熟悉的鐵道邊，身穿學生服的回憶與現實的片段
> 交錯。兩個人好像都有話想說，卻總是擦身而過、開不了口。
> 阿琪覺得阿勳還是一樣幼稚，阿勳也覺得阿琪個性還是一樣鑽
> 牛角尖。就在阿琪受不了阿勳的幼稚，轉身準備離去時，阿
> 勳才突然開口訴說自己的心意，聲音卻被疾駛而過的火車掩
> 蓋……
>
> 　　時間，停在距離最近的那一刻。

　　這個故事是筆者很久以前寫的，內容是關於男生準備要跟女生告白
的那一天。相較於跨越多重時空的電影，相對而言單純了許多，但可以
做的功課可是差不了多少。

　　比較有趣的經驗是，我把這部片的時間線建立，出給了演員當功
課。在和演員熟悉和排練的過程中，許多細節在聊天中就自然而然地建
構出來。這些細節，後來對演員的表演很有幫助，所以之後我在讀本建
構細節時，便常喜歡讓演員參與其中。

　　由於《距離》裡面只呈現了告白的那一天，我們很快推演出需要建
構的三個時間點：過去的某一天、前一天、那天之後。

先談談「那天之後」，因為故事結束在男生告白的場景，觀眾並沒有真正得到解答，男女主角便分別說出了自己對後續的想法。基本上兩人都是偏向因為這件事，兩人的距離被拉近了，後來在一起與否，也只是時間的問題。

於是，我們便強化了女主角在片尾背對男主角時，雖然不知道她到底聽到了什麼，但她露出了一個有點害羞的微笑，後續的結果便不言而喻了。

「前一天」的部分，因為兩人很久沒見了，男生突然約女生出去，一定有什麼理由。我們討論著男女主角的心情，他們是否會因為緊張而失眠，女主角說：「她覺得這個角色是會想很多的人，所以她可能整晚都沒睡好。」

男主角卻說：「因為他的角色個性很粗線條，應該睡得很飽，只是起床後東摸西摸，到了約會時間還差點遲到。」

我接著問，那你有考慮怎麼告白嗎？這時由於男主角已經完全融入角色裡，便痞痞地說起劇中的對白：「沒有耶，我想說的時候就會說了啊。」男女主角在討論的過程中，不但快速地熟悉彼此，還逐漸拼湊起劇本裡獲得的訊息，將角色塑造得更加立體。

最後，兩位演員更進一步推演出「過去的某一天」。

因為對角色的掌握度變得更好，兩人便直接對話呈現當初那段若有似無的曖昧，男主角問女主角為什麼不跟自己在一起，女主角說考完聯考再說，怕談戀愛會讓成績退步。接著，女主角也希望男主角跟自己都考上北部的學校，試圖督促成績普通的男主角認真讀書。

於是，一場K書中心的戲就這樣自然生成，大意是兩人互有好感，在私底下開始形影不離，但女主角因為段考退步感到緊張，男主角卻覺得女主角太過在意考試結果，一直要約女主角去放鬆一下，最後卻惹女主角生氣，兩人好不容易拉近的距離又被拉開了。

後來考試的結果，就像影片裡呈現的，男主角順利考上北部的學校，女主角卻意外落到後面的南部志願，無奈地和男主角分隔兩地。透

過這場不會被拍出來的戲，幾乎就預見了這樣的結果。

二、便利貼落點，出場與退場

　　這個部分，我們進一步來討論如何調整劇本結構，和強化「角色」在劇本裡的位置。每次寫電影長片遇到撞牆期時，我們幾乎都會做同一件事情，就是在便利貼上寫下每場戲的內容與目地，然後貼滿一整面牆壁。

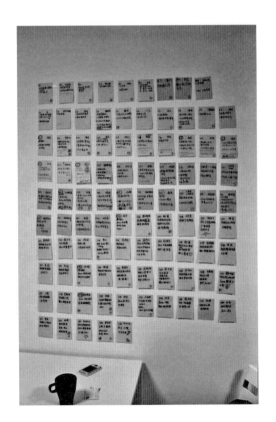

　　其實這樣的內容跟分場大綱在做的事情類似，但一個劇本經過反覆修改之後，為了滿足各種需求和解決問題，常常已經顯得欲振乏力、面目全非。這樣的動作，其實就類似紙上剪接，不但可以強化劇本的結

構，更可能省下一些不必要的拍攝天數。

首先，你可以重新檢視每場戲的作用，如果寫不出更具體的內容或更有效的目的，這些場次是否需要就值得商榷。接著，你可以重新檢查整部戲內容篇幅的比例，主角花了多少時間工作、談戀愛、跟家人相處，然後回歸這部戲的主旨，來思考這些部分要如何增減。

再者，你也可以透過這樣的動作，大概估算出影片的時間分配。什麼時間該將角色建立清楚，什麼時候該出現衝突或危機，頭尾是否呼應、情節是否夠精采，又或者高潮戲的落點與分配是否恰當，對劇本進行整體結構的調整與修改。

我們以經典電影《教父》為例，試著抓出三幕的落點，內容經過劇本還原，總計約135場。我們可以發現，影片結構接近四等分的狀態，第一幕結束落在四分之一左右，第二幕則結束在接近四分之三的位置，詳見下文。

第一幕（S01-44，影片至此45分46秒，約全片26.5%）：
「建立」柯里昂家族的組成與作風，結束在教父遇刺，家族面臨重大的危機。

第二幕（S45-118，影片至此2時12分56秒，約全片77%）：
教父遇刺後，家族勢力「衝突」不斷，面臨重組。幼子麥可原本和家族事業絕緣，卻為了探望父親而意外捲入事件、愈陷愈深。原本要繼承家業的長子桑尼不幸過世，最終敵人浮上檯面，麥可意外成為家族的主事者。

第三幕（S119-135，影片至此2時52分37秒）：
教父獻策後死去，接手家族的麥可展現魄力，不但血洗仇敵，也「解決」了內賊的問題，讓手下宣誓效忠，成為新一代的教父。

另外一個好處是，當你將整部電影攤開在牆面上時，演員在哪些場次出現，更是一覽無疑，就像一齣舞臺劇般，登場、謝幕。某個演員登場時是否能讓人留下印象，是否能發揮推進劇情的功能？而他退場時是否能有點深意，或者會悄悄地被遺忘？某個演員所留下的訊息，相隔了多少場次才被提起或解答，觀眾是否會遺忘或者效果不好？

這些細節問題，都是值得仔細推敲並進行調整的。以下用經典電影《阿甘正傳》為範本，試著做出阿甘的摯愛──女主角珍妮的段落列表，可以發現珍妮非常平均地出現在整部電影裡，基本上間隔沒有超過10分鐘。而且阿甘的所有行為的動機和事件的推進，幾乎都與珍妮有關。

阿甘從片頭就是為了去找珍妮而坐在長椅上，小時候阿甘因為珍妮開始奔跑，接著也因為奔跑開始成長，得到進入大學的機會。後面珍妮不告而別時，迷惑的阿甘也是用奔跑試圖尋找答案。最終，回到片頭的長椅，阿甘講完故事後也是用跑的去找珍妮，兩人的感情也總算有了結果。

《阿甘正傳》女主角珍妮登場段落列表

片長：02:15:23

時間	內容	事件推進
12:33-	自閉的阿甘，在校車上遇見願意主動跟他講話的珍妮。	相識
15:40-	壞孩子對阿甘丟石頭，珍妮要他趕快跑，跑著跑著原本跛腳的阿甘，腳上的固定架居然瓦解了。	變成好友
18:28-	阿甘跑到珍妮家，遇見珍妮有暴力傾向的爸爸，兩人躲避著爸爸的追趕。	珍妮的傷痕
19:55-	兩人上了中學，壞孩子還是對阿甘丟石頭，珍妮還是叫他跑，但這時的阿甘已經跑得比車子還快了。	阿甘的成長

時間	內容	事件推進
21:33-	阿甘因為橄欖球保送進大學，成為明星球員。	阿甘的才能
25:14-	阿甘痛打欺負珍妮的男人，珍妮帶阿甘回宿舍，告訴他自己夢想當個歌手。珍妮想和阿甘做愛，阿甘卻怯場。	珍妮的壞男人輪迴 兩人關係無法進展
35:45-	阿甘入伍，珍妮被退學，阿甘放假就會去看珍妮表演。 珍妮裸體唱歌被騷擾，阿甘痛毆酒客。 阿甘向珍妮告白，珍妮拒絕離開。	珍妮開始墮落 阿甘告白失敗
48:15-	當兵的阿甘開始寫信給珍妮，但珍妮都沒有回，反而開始和嘻皮混在一起。	兩人漸行漸遠
01:04:52-	阿甘開始打乒乓球，成為英雄，在反戰的集會裡意外上臺說話，和珍妮戲劇化地重逢。	阿甘對珍妮的愛不變
01:07:46-	珍妮帶阿甘認識自己的男友所屬的激進團體，男友打了珍妮，被阿甘痛毆一頓。珍妮帶著阿甘離開，說著這些年的遭遇，但珍妮最後還是回到男友身邊，和阿甘道別。	珍妮再度離開 兩人之間有種訣別感
01:20:30-	阿甘開始捕蝦，持續思念著珍妮。 珍妮卻更加墮落，不但染上毒品，甚至想要輕生。	兩人陷入最低潮 阿甘事業的反轉
01:44:03-	阿甘成為百萬富翁，某天阿甘在除草時，珍妮緩緩走向自己，珍妮和阿甘開始一起住。	珍妮突然出現 阿甘毫無猶豫地接受
01:45:55-	珍妮回到自己家丟石頭，向不堪的過去道別。 兩人度過一段美好時光，也終於發生關係。	珍妮和過去道別 兩人終於發生關係
01:50:43-	隔天早上，珍妮卻不告而別。 因為這件事，阿甘開始漫無目的地奔跑。	阿甘無法理解珍妮的離去，開始跑步。

時間	內容	事件推進
01:59:08-	阿甘收到珍妮的來信，回到片頭那張長椅。阿甘得知地址後奔向珍妮家，發現珍妮獨自養大兩人的小孩。	珍妮託付小孩給阿甘
02:04:49-	阿甘和珍妮舉行婚禮。珍妮的身體愈來愈差，最終離世。	兩人的結局

還原經典電影最大的好處，就是這部電影既然這麼受人推崇，內容設計必有其過人之處。當你寫作某種類型電影而卡關時，不妨先放下你的故事，找幾部相似的電影來還原分析一番。

也許你會突然發現，解決的方法比你想像中簡單。

三、尋找劇本節奏，分場與合併

翻開一個劇本，常會遇到的第一個問題通常不會是劇本結構是否完整，或是結局精不精采，而是這個劇本是否「容易閱讀」。有些同學的故事其實很有趣，但書寫時卻喜歡把整大段黏在一起，或是東拼西湊，不但無法聚集焦點、引人入勝，更容易影響閱讀者的情緒，還沒讀完就闔上劇本，自然也看不到你嘔心瀝血的精采結局了。

其實好的劇本文字彷彿音樂節奏，如果你寫作時想像這是節奏非常快的劇本，文字就該像機關槍般連發，讓觀者感到緊張興奮，甚至呼吸困難。如果是充滿溫情氛圍的家庭小品，就該適度的留空，多些演員表情動作的細微描述，甚至增加充滿投射意味的轉場鏡頭。

關於細微的文字筆法，沒有任何捷徑，只能靠你自己磨練，而且要勇於把自己的劇本給別人閱讀，才會逐漸看到效果。但只要能夠適度調整你的分場概念與劇本編排，對於劇本節奏的改善，還是能出現一些效果。「分場」，顧名思義是以場景來區分場次，但為了更好的劇本效果，或許你可以試著做出一些調整。

對筆者來說，場次區分最大的意義就像前面便利貼提到的，必須具備清楚的內容與目的。用場景區分只是個謬見，並非不可以打破。舉個實際例子讓大家知道，不同的分場對於劇本節奏有多大的差異。

Story《自殺不完全》分場腳本：

場：11 地：教室 時：日 人：阿飛
▲阿飛表情不安地在教室門口張望，尋找著小莉的身影，接著轉身跑去。

場：12 地：學校後方圍牆 時：日 人：阿飛
▲阿飛跑到和小莉常常相約翹課的後方圍牆，卻一個人也沒有。
▲阿飛拚命地想著小莉會去哪裡，他突然想起什麼，趕緊狂奔而去。

場：13 地：排球場 時：日 人：阿飛
▲阿飛跑進排球場裡，依舊是空無一人。
▲阿飛跌坐在地上，這時他看見遠方逐漸西沉的夕陽，正要被教室遮擋住。

場：14 地：天臺 時：日 人：阿飛、小莉
▲阿飛猛然打開天臺的門，顯得氣喘噓噓，但卻鬆了一口氣。
▲天臺邊，小莉就在那邊，似乎已經等待阿飛一段時間了。

以上的四場戲可以解讀出，阿飛似乎覺得小莉可能會做傻事，而在校園裡拚命尋找，最後收尾在天臺上，阿飛終於發現小莉的身影。基於分場定義，我們將場次列為四個場次，但這個情節顯然是要透過阿飛奔跑，不斷轉換場景，製造緊張感，若能合併做些整合，是不是更能凸顯

這樣的氛圍呢？

Story《自殺不完全》分場腳本合併版：

場：11 地：教室、學校後方圍牆、排球場 時：日人：阿飛

▲教室門口，阿飛表情不安地張望，尋找著小莉的身影，接著
　轉身跑去。

▲學校的後方圍牆邊，阿飛跑了過去，卻一個人也沒有，阿飛
　轉身狂奔而去。

▲阿飛跑進排球場裡，依舊是空無一人。

▲阿飛跌坐在地上感到苦惱，這時他看見遠方逐漸西沉的夕
　陽，正要被教室遮擋住。

場：12 地：天臺 時：日人：阿飛、小莉

▲阿飛猛然打開天臺的門，顯得氣喘嘘嘘，但卻鬆了一口氣。

▲天臺邊，小莉就在那邊，似乎已經等待阿飛一段時間了。

　　有看出差別嗎？除了合併場次，縮減文字加快節奏之外，其實還
動了兩個手腳，一個是拿掉原本圍牆場阿飛的「思考」，因為看到這
裡，大家都知道阿飛在找小莉了，而他滿腦子想的當然就是「小莉在哪
裡？」。沒有必要特別停下來思考，更何況在排球場時他又思考了一
次。

　　再者，兩人翹課約會的解釋拿掉了，因為前面若有相關劇情，觀眾
自然會聯想為什麼阿飛會去那裡找她，因此不需要多作解釋，否則反而
會拖慢節奏。

　　調整劇本分場還可能有另外一個好處，因為劇本是拿來拍的，一
個過大的場次，其中可能包含很多細節改變，也容易造成拍攝規劃的困
擾。例如，男主角白天帶著一群兄弟去跟死對頭討公道，卻發現是誤會
一場。後來男主角請大家先回去，獨自留下跟死對頭致歉，經過徹夜懇

談，兩人也化解了彼此的誤解。

　　類似這種狀況，就建議大家把上下半場分開，至於你是想要分成獨立的兩個場次，或是分成同一場的A、B都可以。

　　好處在於上半場是群戲、又是動作戲，下半場卻只剩下兩個人的對話戲，在執行上有非常大的難度差距，若是硬擠在一場，很容易造成劇組估算時間的落差。上下半場又有日夜戲的區別，雖然場景都在同一個地方，但光是打燈這部分的考量，說不定副導就會把這兩場拆開成兩天拍攝。

　　雖然不是必須，但編劇若能有一些執行的概念，不但能替劇組省下很多工夫，也能讓劇情的合理性更高。

四、你鬼打牆了嗎？除廢的重要性

　　延續前段，如果合併可以改善劇本的體質（節奏），那「除廢」就是更直接地摘除劇本當中不需要的部分，這麼說可能會讓很多編劇感到心如刀割。實際上，在寫劇本的過程中，若有刪掉的情節或角色，許多編劇總會把它們偷偷移到劇本的最後面，直到劇本塵埃落定，才會把它們刪掉。

　　對於自己認真思考、用心經營的細節，無法割捨是人之常情。但愈是如此，就愈需要客觀分辨，因為對觀眾來說，他面對的只會是完成的作品。愈是捨不得，只會陷入無法跳脫的窘境，怎麼改都沒辦法更好，因為你可能已經認定原本的最好了。

　　怎樣的內容該考慮捨棄呢？基本上還是圍繞著故事的主軸，凡是跟主軸無關、無法推進劇情、重複的情節，都該被優先剔除。前兩個方法──「拉出時間線」和「便利貼落點」，在這裡就可以協助你非常有效率地處理這件事。

　　首先，跟主軸無關這件事，在你寫逐場便利貼時就會暴露出來。當你發現這場戲怎麼看都像過場時，基本上就沒有保留的餘地了。

推進劇情的問題則要看段落的目標。假設目標是男主角想要跟女主角告白，那整段都該是男主角準備或猶豫的過程。即使他突然開始努力準備考試，應該也是為了吸引女主角的注意力，或來自一個約定。如果發現沒有，先別急著刪除，試著重新賦予也是一種方式，稍稍挪動場次順序，也可能產生很不一樣的效果。

　　重複的情節則是劇本寫作很容易遇到的盲點，因為大部分的劇本修改都是漫長而充滿反覆意見的，常常都會改到你發現原本的優點變成問題。

　　筆者先前參與過一個劇本，劇情裡有三場戲是所謂的姐妹對談。兩人談的是女主角喜歡的男生在過程中的變化，原本劇本的起伏比較大，所以三段對話的問題不大。但經過數次修改後，劇情到比較後面才突然激烈起來，所以姐妹間的前兩次對話就變得看似內容不同，其實講的東西差不多的窘況。

　　因為拍攝時程非常壓縮，筆者幾乎到要拍攝前才驚覺這個問題，怎麼辦？我腦袋甚至浮現不拍這個選項，但劇本結構可能會因此缺角，所以很快地我就決定重新定義這場戲的目的。

　　因為前一場戲，姐妹已經知道這個男生的存在了，但卻持反對意見。對於姐妹的反應，女主角並沒有很清楚的表態。所以，我把第二段的內容和目的修改成藉由姐妹拐著彎的質問，讓女主角實際表態，姐妹看到女主角心意已決，雖然還是替她擔心，但仍選擇跟她站在一起。

　　如此一來，兩段戲兩人的情緒和動機就有所差距，也讓後面遭遇危機時，姐妹的挺身而出不只是逼不得已，而是有所認同而想要幫忙。

　　除了逐場的精簡之外，場次裡的瘦身空間也比你想像中多。就像筆者在幫學生看劇本時，常常會問學生，這個動作或這句話，拿掉有差嗎？當他猶豫很久時，我就會告訴他：「既然拿不拿掉都可以，就是沒必要。」雖然對學生來說可能有點殘忍，但無意義的拍攝才是真正傷人。

　　舉個比較常見的例子，當然是稍微改得誇張了點，但筆者真的看過

劇情只有一點點，卻拍得又臭又長的片子。

　　Story《媽媽的未接來電》段落描述：

　　　　鬧哄哄的教室裡，小高突然接到電話，隔壁的家弘問他沒
　　事吧，小高說醫院打來說他媽媽住院了，旁邊的同學聽到都跟
　　著起鬨，要他別管學校的事趕緊去醫院。於是小高收拾書包，
　　還不忘跟同學交代上課的事，接著跑出教室，在走廊上奔跑
　　著。小高想搭電梯，但電梯人太多，他等不及就決定走樓梯下
　　去。小高騎著摩托車衝出校門口，在馬路上奔馳。小高在醫院
　　走廊奔跑著，他打開病房的門，看見病床上的母親，開口叫喚
　　他。

　　請思考一下，覺得這一整段有哪些是該被去掉的地方呢？
　　實際上，我可能只會留下他接到電話（疑問），接著就在醫院奔跑
（更深的疑問），然後就打開門看到媽媽了（解答）。
　　這不是唯一的答案，你可以不用這麼狠心，但身陷其中的編劇可能
會一句都刪不了，這才是最嚴重的問題，也是身為一個編劇要突破的盲
點。

五、生命就像一個圈圈，所有細節都有它的連結

　　前兩個方法談劇本拆解，接下來的兩個方法則是談拆解後場次的合
併與去除，就像武功心法和武功招式，只要搭配得宜，很快就能看到修
改劇本的成效。
　　接下來要進行的部分說起來簡單，但實際上非常難學習。就像內功
心法一樣，就算你知道口訣，也無法快速練成，更不知道自己的資質有
多少。但缺少了渾厚的內功，即使你有再好的武學修為，所能造成的影
響終究有限。

劇本拆解（1-2）→場次的合併與去除（3-4）→細節的連結與
修正（5-6）→完成

　　寫劇本寫到後來，真正寫的時間，其實並沒有你想像中那麼多，大
部分的時間是花在「連結、提問、找資料」，至少筆者是這樣的。連結
的部分，本書已經提到很多方法了，就是想辦法讓你的所有細節都能有
所連結。

　　從整部戲的頭尾連結，到場次之間的連結，甚至到每個小設定都有
連結。就像演員的功課會幫對白寫「潛臺詞」，講每句話都有清楚的指
涉和背後動機。關於劇本裡所提到的一切，你都要盡可能地去思考他們
和情節或角色的連結性。當然，目的還是為了強化故事的主線或主角，
這是不變的道理。

　　當回到你自己的劇本時，請不要因此手下留情，或者忽略其他閱讀
者的意見。再者，有時候劇本不會演出來的，往往就是能夠厚實劇本內
容的細節。請用力提問，然後誠懇作答。

　　最後，找資料的部分，編劇畢竟不是萬事通。面對那麼多問題，
一定有很多是你既有的知識沒辦法回答的，這時候別吝惜花點時間
Google或Wiki。只要持續寫作，你就會發現這對現代編劇來說是多麼
好用的武器，二十年前你可能要跑遍圖書館，還不一定能找到你要的資
訊，懶一點還可以呼喚臉書大神，就能在最短時間內得到解答。所以，
為什麼不多花點時間深入瞭解呢？

　　曾聽前輩說過一句話：「怎麼樣的年紀，就該怎麼樣說話，說屬於
你那個世代的故事。」除了鼓勵大家多找資料、拓寬創作視野之外，偶
爾回歸初心，思考自己到底想要寫怎樣的東西，也是很重要的。畢竟只
有先打動自己，你寫的東西才有機會打動別人。

六、用動作取代情緒，劇本是拿來拍的

「小說是純粹用文字在說故事，但劇本必須用畫面說故事。」這也是另外一個疑問的解答，為什麼有這麼多小說，卻沒有幾個能變成好的電影改編劇本。道理很簡單，因為小說的文字描述常常太多了，而這些描述沒辦法被拍攝出來。例如：「這對夫妻坐在咖啡廳裡，丈夫完全不願意說話，妻子也死都不肯退讓，沉默在他們中間瀰漫。」

請問要如何表現夫妻之間瀰漫的「沉默」，難道要做動畫，讓沉默的字體在空氣中漂浮？事實上，一場戲所要呈現的內容和目的從來就不複雜，像這場戲很明顯是夫妻之間有爭執，雙方應該都有點生氣，但又不希望鬧大，可能只需要其中一方先退讓或道歉，僵持可能就結束了。

這裡編劇該做的調整是將個人情緒的描述，轉為具體的動作。假設丈夫的情緒是有點生氣，那丈夫生氣時會有什麼動作呢？用手指按眉心？不停地吸氣吐氣？還是不自覺地踢著桌腳？

而妻子生氣時又會有什麼動作呢？用手托著下巴假裝看外面？明明丈夫就在眼前卻故意看著隔壁桌的帥紳士？還是索性在桌上放一個沙漏，給丈夫一個最後通牒的倒數計時呢？

丈夫似乎是自己在生悶氣，妻子則是故意要氣老公，甚至要逼他先開口。這時要如何表現他們中間瀰漫的沉默呢？

舉一個比較逗趣的情節演變，假設這對夫妻人在國外。也許這時，外國服務生來幫兩人點飲料。妻子先點了熱茶，卻只是打開菜單指著上面的字，沒有開口說話。

輪到先生，先生卻表情尷尬地比手畫腳，要一杯一樣的，服務生好不容易才意會過來。原來丈夫的外文並不好，平常都是靠妻子翻譯的，為了不點錯，他決定跟妻子點一樣的。妻子見狀，拿著菜單示意服務生，將原本的熱茶換成了草莓奶昔，那是丈夫最討厭的飲料，也不合乎丈夫的形象。

於是，飲料送上來，妻子開心地喝著，丈夫卻面色鐵青，但也無法

反駁什麼。此刻，兩人之間的沉默依舊瀰漫著，但是不是有畫面、有層次多了呢？

絕竅很簡單，請儘量用動作取代情緒，而且每個人面對相同情緒狀態的反射動作也不太一樣，試著發展出專屬於角色的動作，有時候不但能讓角色更加突出，後來甚至還能扭轉劇情走向也不一定。

在細節的描述上也是相同道理，小說裡寫著剛過70歲，在劇本裡或許就要讓他有著一頭花白頭髮；小說裡寫著千頭萬緒、往事湧上心頭，在劇本裡可能就要考慮是否要插入一些回溯（flash back）畫面；小說裡寫著兩軍交戰、傷亡慘重，在劇本裡可能就要清楚部隊有多少人，具體畫面是什麼內容，又或者考慮到預算的問題，是否有其他呈現方式。

劇本是拿來拍的，你要盡可能掌握到畫面的每個細節。當別人閱讀你的劇本時，不但能看到清楚的畫面，還能隨著劇本裡的角色激動、感動、挫折、悲傷、寂寞、哭泣、惆悵。

恭喜你，這一定是個好劇本。

Chapter

20

進度、進度、追進度！

撰稿：張英珉

在進入劇本寫作時，也許你有個很棒的親身體驗故事，可能來自於醫院或是軍旅，或是被外星人的幽浮光照射過產生身上的晶片。不管如何，「我有個特別的故事」這件事情，實在令人興奮不已。

不過，或許我們要把「想故事」和「寫劇本」分成兩件事情，理想和現實之間有著極大的落差。你的無與倫比、令人哭斷腸的故事，若無法透過你擁有的技術呈現在大家面前，被閱讀、被看見，或是看完後，達不到你所要的情緒起伏效果，我們可以認為這賺人熱淚的故事，仔細想想它只存在你的腦中，在真實世界中「其實不存在」。

到了這裡，殘酷的事情終於發生了，因為屬於遊戲的部分逐漸結束，屬於人生的挑戰正在展開。把劇本寫出來，不容易。若你僅是個有想法卻沒有「寫作習慣」的人，你會開始面對到很大的困難，那就是：「寫不出來！」只好每次都說：「下次再交吧！」或許你只是想著，我是一個業餘者，寫作只是樂趣，用不著這麼累吧，要寫就寫，不寫就算了。但長久下來，心底不免也有些遺憾，總是會想，其實你是能寫的，也寫得完，甚至也寫得好，為什麼寫不出來？

必須強調的是，劇本的寫作、競賽、發表、投件等等，幾乎每次交出的案子文件都以數千字起跳、數萬字終了，沒有經驗的人真得辦不到，也寫不完，所以請嚴肅地來看待進度推進這件事情。

培養進度推進的方法

若你沒有寫日記的習慣，或是曾寫過小說，那麼單純要寫一個劇本到完成，其實困難度很高，至少會比你所想像的更加困難。

沒有人天生就習慣寫作，習慣打字，除非你是個超級天才，不然一切都是後天的學習。若你是初學者，在安排進度上，建議你開啟一個EXCEL檔案，製作一個非常簡單的進度表，只要標明日期和字數兩個欄位就可以。若該日有進度則標記起來。

從簡單、容易達到的成就感開始著手，字數的量是驅策自己前進的紅蘿蔔，就像打電玩時提升等級一樣，沒有練習獲得經驗值，從新手村

	A	B	C	D	E	F	G	H
1			日期	預定字數	達成字數			
2			101	300	332			
3			102	300	305			
4			103	300	400			
5			104	300	512			
6			105	300	345			
7			106	300	342			
8			107	300	412			
9			108	300				
10			109	300				
11			110	300				
12			111	300				
13			112	300				
14			113	300				
15			114	300				
16			115	300				
17			116	300				
18			117	300				

開始獲得寶劍、絕招、心訣、補血補魔的道具與魔法，你很難打贏大魔王、破關卡。

這時，你可以在你的智慧型手機內設定一個鬧鈴，提醒你每天需要完成三百字。書寫習慣需要培養。建議你從三百字開始，每天寫下三百字的「哏」、「閱讀心得」、「劇情心得」、「創作想法」。

初學者最適合利用零散時間，十分鐘的午休空檔寫兩百字，下午茶的五分鐘時間寫一百字，等車的十分鐘空檔寫兩百字，坐捷運用手機寫下一百字，最初的一天達到這三百字的進度就好，彷彿和親友網路聊天似的，切莫成為壓力。

當你能保持這個習慣，超過一個月之後，請相信「量變產生質變」。等你逐漸習慣，最初是定時間，或是有個鬧鈴，而當你能超過一個月，你會開始想到什麼就「馬上寫下來」，打開電腦就能快速寫下一些什麼，可以逐漸每天抽出閒餘的休息時間，成為每日「五百字到一千字」。同樣的，這五百字可以是電影心得、閱讀心得、哏、題材、剪報心得、特殊的路人觀察，你有太多東西可以記錄，可以讓你培養「書寫習慣」。

當你能保持寫作習慣後，你可以寫完第一本劇本的機會便大大提高了。畢竟，並非所有人都有一次完成數萬字劇本的能力，這十分不容易。

如果要參加競賽呢？

讓我們來試著安排一次劇本獎參賽的流程安排，藉此用來學習進度安排。讓我們來虛擬一個劇本獎，名為「金球奧斯卡劇本大賽」。

假設今天是1月1日，「金球奧斯卡劇本大賽」公布了簡章，收件日期是3月31日（通常是郵戳為憑），因此總共可用的日期是九十天。不管如何，請抓出最後八天作為校正日期，最後一到兩天為列印日期，因此，能書寫推進進度的日期為八十天。那麼，總共的字數可能是三萬字的劇本，數學一算，就知道一天大約要寫375個字。

進度規劃示意圖

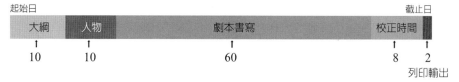

雖然你是業餘人士，但經過「哏」的累積和「故事的篩選」，你已經有了許多個好故事想要大展身手，於是你挑出了一個你心中「故事的篩選」占有五顆星的故事★★★★★，這五顆星的故事，光用想的就讓你熱淚盈眶，打開檔案就開始寫吧。

這時，對於業餘的你來說，如果能培養到每日能寫超過五百字到一千字的進度時，一天375個字根本不算什麼。但困擾的即是如此，人類的惰性會不斷地想著：「反正只是一點點進度，今天不寫，明天再寫就好了。」

不，請不要如此去想，這將帶來嚴重的後果。這並非什麼培養耐性

不足的問題，而是最根本是和健康有著直接關聯。每日穩定書寫進度，絕對不要到了要交稿時才熬夜連續工作，因為你的手臂、手腕的肌肉在沒有訓練過的狀態下，一次打字超過一個限度，比方你原本每天只打字五百字，為了追進度，一夜打字五千字，若沒有掌控好，十之八九會手腕發炎、肩膀發炎，一旦發炎沒有休息超過一週是不可能復原的，這麼一來，只會讓你的整體進度變得更慢。

若是因此不幸得到「腕隧道症候群」（俗稱「滑鼠手」），你需要更長時間的復健，甚至開刀治療，因此對於初學者的你來說，作品便可能無法完成。

請記得，你需要的是每日書寫，雖然寫得少，但是時程拉得長，除了健康因素之外，你有更多時間在大腦中「以潛意識反覆運算」，經過「睡眠中的潛意識整理」，長久下來，你的作品將會有因為思慮深，錯誤明顯變少，便質量得到提升。請一定要相信「睡覺的力量」！

在參賽這件事情上，及早規劃，慢慢來，絕對比較快。

當主要的字數、情節等等都書寫完了，進入到校正時間時，請將本書中所有提到的校稿方式操作一遍——更換文字、找錯字、讀劇、利用人物結構圖找漏洞等等，你會發現許多需要更改的地方，趕緊修正吧。

最後，預留兩天列印稿件，避免稿件印出之後，突然反悔出錯。若完全都沒有錯誤，就趕快寄出去，寄出之後就別記掛在心上，每個作品有自己的宿命，你需要的是——找新的哏，寫下一個作品。

Chapter

21

劇本哪裡去？

撰稿：張英珉

讓我們來實際面對現狀，你是一個初學者，沒有背景，沒有認識前輩編劇，沒有認識影視公司的人員，也沒有富爸爸，那麼，要如何讓你的劇本被人看見？其實對於毫無經驗者來說，投比賽，藉由比賽練習創作，是較為正面之事，也是較為可行之事。

來投比賽吧！

不同於小說有許多報刊發表的機會，劇本的發表、投稿管道十分有限，你累積了數個大大小小的劇本，但「讓它們被人看見，比寫劇本難上許多」。若你是無實績的菜鳥，會讓業主質疑，質疑的不只是有沒有「劇本能力」，更大的是能不能「準時完成」。

本書的前面創意書寫、執行方法，都是以個人自我完成為目標，但畢竟實務上的編劇是有時間限制的，無論是投件、補助，都是與時間賽跑。

若沒有其他的發表方式，你可以將你的劇本投以下幾個劇本競賽。以下是2015年的資料，在未來可能會變動，請翻閱本書的你，用搜尋軟體得到當年度最新的資訊。

(一)優良「電影」劇本獎

六十分鐘以上電影劇本，每年9月左右收件（每年變動）。

目前由文化部影視局主辦，至2015年，有數十年歷史，李安的《推手》與《喜宴》便是從這個徵獎項目出線。

本競賽要求直接交出包含大綱、角色介紹的完整劇本。依照格式，你可能需要完成兩萬字至四萬字，甚至更多字數的劇本。由於每年都會舉辦，你可以提早準備。

(二)優良「電視」劇本獎

完成目標為十三集或二十集的電視劇劇本，目前每年約在4月間舉辦收件。第一階段要求參賽者繳交一萬字的長版故事大綱、創意說明，通過後再繼續完成約五萬字以上的劇本。本競賽由文化部影視局主辦，自2010年辦理第一屆至今，目前有數本劇本被拍攝完成。由於每年都會舉辦，你可以提早準備。

(三)拍臺北劇本競賽

由臺北市文化局主辦，內容需與臺北市有直接相關，需直接交出具備大綱、角色的完整劇本。依劇本與時間計算，你可能需要完成兩萬字至四萬字以上的劇本。

(四)縣市文學獎中的劇本項目

以2015年資料為例，各縣市有的劇本獎項多是「舞臺劇本」，但這不一定每年固定，如2013年的玉山文學獎（南投文化局主辦），曾辦理過三十分鐘以上的劇情片劇本項目。若你有適合的題材，便可投稿。

(五)影視公司不定時劇本徵件

請密切關注資訊的更新，加入編劇團體FB，或加入文化部影視局等等單位的FB社群，若能在公布之後馬上知道，你就可以好好安排進度去完成。

(六)其他

臺灣目前有許多微電影競賽，如果是十分鐘（約10-15頁左右內

容），或許能與朋友一起參與競賽，提供劇本，藉由拍攝成品來學習校正劇本。

(七)外國影展中的劇本競賽

許多外國影展中有SCREENPLAY的競賽，若你的英文能力相當優秀，可以將劇本翻譯成英文投稿競賽。

(八)轉而認真寫小說再改編

如本書前面篇章所說，理論上，一個編劇應該也會寫小說，你的故事如果在編劇的格式上無法被看見，或許是你的編劇技術不足以讓你的故事主題被凸顯，也或許只是你無法摸透劇本的「畫面推進」的做法。

說不定你更適合寫的是小說，先好好完成小說文本，投稿全臺灣可能的文學獎、報刊、雜誌發表，若能獲獎、發表，確定文本本身意義強度足夠，再來從小說推進成劇本，或許對你來說，才是更適合的一條路。

如果你準備好了，有創意、有執行力，是能「穩定輸出」的編劇，勢必會有人發現你的存在。畢竟，「編劇」是一項腦力密集的工作，更何況一天只有二十四小時，一個編劇同時間內不可能兼寫數個劇本。只要你能寫，勢必會被人注意。你會像是針尖入袋，勢必出頭被看見。

就算不能，對於初學者的你來說，你也將在創作中得到許多對原本工作、生活上受益的各種想法。

Chapter
22

結語

撰稿：張英珉

若你能看到這裡，一次看不夠，你可以看第二次。累積本書中所提，足夠的練習量之後，或許你便不需要任何的創意方法，就能直接想出一個渾然天成的故事。這不是一件容易的事情，但只要你持續去思索「故事」的意義，便有機會達到。

　　讀完這本書之後，蓋上它，然後在數次練習之後忘記這本書中所有所說的。因為書寫這件事情，除了極少數的天才之外，大量練習才是唯一的正道，可以跨過靈感的深谷、天分的深淵。所以，如果你想進行各種創作，必然要讓創作成為「習慣」。到最後，如果走得夠遠，養成習慣，你會逐漸發現，大部分的創作教學都是廢話，本書的內容也都是廢話，因為創作就在生活的所有體驗之中，就在整個世界裡面，你的生命體驗高過一切創意開發的技法。

　　你會逐漸發現，寫劇本／故事這件事情的矛盾，許多優秀的創作者多半並非傳統的「好學生」，畢竟許多創作的可能性必須來自於經驗，必須嘗試錯誤，讓經驗帶動想像力。請記得，盡可能讓自己成為一個特別的人，你的作品便占有先機。

　　若你能成為編劇，作品能被好好執行，來到觀眾面前引起情緒波動，那麼你的作品的存在時間將會超過自己的生命，直到人類這段文明結束。（百千年後，文明要終結之前，會不會有人將你的作品用火箭發射到太空保存？）

　　若你無法成為一個編出好故事的編劇，那也無所謂，你能在創作的過程中體現許多生命的想法、人生的抉擇，你可以讓自己本身成為一個「好故事」，以故事的方法存活，儘管生命有所限度，勢必會結束，但故事卻可以超過時間。瞭解這點，便是一個作者存在的意義。

　　在故事裡存在，真正的存在。

國家圖書館出版品預行編目資料

自由式（字遊式）：給初學者的編劇遊戲／張
英珉，呂登貴作. ――初版. ――臺北市：五
南，2016.01
　　面；　公分
　ISBN 978-957-11-8418-0（平裝）

1.劇本　2.寫作法

812.31　　　　　　　　　　104025282

1ZF5

自由式（字遊式）：給初學者的編劇遊戲

作　　者 ― 張英珉（219.5）　呂登貴

發 行 人 ― 楊榮川

總 編 輯 ― 王翠華

主　　編 ― 陳念祖

責任編輯 ― 劉芸蓁　李敏華

封面設計 ― 陳翰陞

出 版 者 ― 五南圖書出版股份有限公司

地　　址：106台北市大安區和平東路二段339號4樓

電　　話：(02)2705-5066　　傳　　真：(02)2706-6100

網　　址：http://www.wunan.com.tw

電子郵件：wunan@wunan.com.tw

劃撥帳號：01068953

戶　　名：五南圖書出版股份有限公司

法律顧問　林勝安律師事務所　林勝安律師

出版日期　2016年1月初版一刷

定　　價　新臺幣340元